30대 여성, 자신의 인생을 설계하라

30대 여성, **자신의 인생을 설계하라**

초판 1쇄 발행 / 2005년 3월 10일
지은이 / 시모쥬 아키코
옮긴이 / 오희옥
발행처 / 지혜의나무
발행인 / 이의성
등록번호 / 제1-2492호
주소 / 서울 종로구 관훈동 198-16 남도빌딩 3층
전화 / 02-730-2211, 팩스 02-730-2210

ISBN 89-89182-29-8   03830
ISBN 89-89182-27-1   (세트)

30대 여성,

자신의 인생을 설계하라

시모쥬 아키코 지음 | 오희옥 옮김

지혜의나무

chapter *1, 2*

chapter 1 나만의 집안 만들기 · 가정 만들기
◆ 30대부터 시작하는 현명한 방법

chapter 2 나중에 후회하지 않는 육아 · 자녀 교육
◆ 30대부터 시작하는 부모와 자식 관계

chapter *3, 4*

chapter *5, 6*

chapter *7, 8*

chapter 9, 10

프롤로그

30대 – 여성의 은밀한 출발

◆ 자신만의 인생을 찾아서

20대와 어떻게 다른가?

30대를 맞는 당신에게

 여자의 30대는 '자신'을 찾는 출발점이다. 그동안 잊고 지내던 본래의 자신으로 돌아가서 자신의 내부에서 들려오는 소리에 귀 기울이는 여유를 갖게 되는 시기이다.

20대는 자신을 둘러싼 환경이 바쁘게 변화하는 시기여서 끊임없이 변화가 뒤를 잇는다. 연애를 하고 결혼을 하고 출산도 한다. 취직도 하고 직장도 옮기고 퇴직도 한다. 어지러울 정도로 무슨 일이 일어났다가는 지나간다. 그리고 그렇게 바쁘게 생활하는 동안 젊음을 구가하던 날들도 순식간에 흘러가고 정신이 들었을 때는 이미 스물일곱, 스물여덟 살을 맞고 30대가 코앞으로 다가와 있다.

젊을 때는 남자보다도 여자 쪽이 빨리 성장하고 정신적으로도 조숙하다고 말하는데, 확실히 여성은 남성에 비해 일찍 다양한 일들을 경험한다. 그렇기 때문에 스물대여섯 살을 지나기만 해도 인생을 다 산 것처럼 지친 표정이 되는 사람도 있다. 그들은 도대체 왜 그렇게 빨리 늙어버리는 것일까.

우선은 옛날부터 여자의 행동을 옭아맸던 결혼적령기의 문제를 꼽을 수 있다. 결혼적령기는 최근에는 20대 말에서 30대 초반으로 늦어졌지만, 얼마 전까지만 해도 스물서너 살이었다. 그 시기를 지나면 생기가 넘쳐야 할 젊은 여성들이 한결같이 피곤한 모습이었다.

요컨대 스스로 자신을 옭아맸다. 스물서너 살에 결혼하지 않으면 안 되고, 결혼한 뒤에는 남편의 뜻을 따라 살아야 하고, 자신의 생각을 내세워선 안 된다고 생각했다. 그래서 결혼하기 전에 하고 싶은 일을 해두어야 한다고 생각했고, 누구나 서둘러서 연애를 하고 해외여행을 했다. 그런 다음에 결혼이라는 틀 속으로 들어갔다. 그리고 서른이 되면 화려한 20대를 뒤로 하고 안정을 찾는다.

한편 결혼이라는 틀에 속박되는 것이 싫어서 자신의 일을 갖고 마음대로 살겠다고 생각하던 사람도 결혼이라는 글자가 아른거리는 결혼적령기에는 불안해 보인다. 이 시기를 지난 뒤에 비로소 본래의 자신으로 되돌아온다. 다시 말하면 줄곧 일을 해온 사람은 해온 사람대로 문득 이렇게 살아도 괜찮은가, 라는 목소리를 듣게 되는 것이다. 그런 자성적인 문제를 경험하는 시기는 대략 스물여덟, 아홉 살부터 서른에 걸쳐서다.

30대라고 간단히 말하지만, 30대는 스물여덟, 아홉 살 즈음부터 시작된다. 무대에 오르기 전에는 어쩌지 못할 정도로 마음이 불안한 것처럼, 30대를 맞을 때의 느낌도 무대에 오르기 직전에 엄습하는 불안한 마음과 흡사하다. 그렇기 때문에 30대가 되기 전에 30대를 미리 생각해두는 것이 좋다. 무대에 오르기 전에 준비가 끝나면 자신에게 주어진 상황을 담담하게 받아들일 수 있다. 30대를 보내기 위한 준비는 30대가 된 뒤에 해서는 늦는다. 심각하게 생각할 것은 없지만 스물여덟, 아홉 살 즈음에 대략적으로라도 30대를 어떻게 살아갈 것인가에 대해 이따금씩 생각해두는 것이 좋다. 그렇게 하지 않으면 30대가 된 후에 주어진 시간을 효과적으로 활용하기 어렵다. 글을 쓴다는 것도 원고지를 마주한다고 해서 써지는 것이 아니다. 글을 쓰기 전에 미리 생각을 해두면 쓰고자 하는 내용을 바로 쓸 수 있지만, 아무것도 생각해두지 않으면 원고지를 마주하고도 글이 떠오르지 않는다.

진짜 자신에 눈뜰 때…
30대를 살아가는 의미

 나는 『여자는 은밀히 출항한다』라는 책을 썼는데, 그 출항 시기는 바로 30대이다. 화려한 출항이 아니라 은밀하게 혼자만의 출항을 하는 것이 30대의 특징이다.

'봄도 됐으니 화사한 색으로 립스틱을 하나 사야지.'하고 생각했을 때, '그래 이거야!'하고 충동적으로 유행하는 색깔의 립스틱을 사는 것은 20대이다. 30대가 되면 일단 생각을 한다. '잠깐만, 내가 갖고 있는 옷이 회색이 많으니까…. 립스틱은 …?' 하고 생각한 다음에 산다. 20대와 30대는 쇼핑하는 방법도 다르다. 20대에는 주변의 분위기에 휩쓸려서 사고 싶은 것을 사지만, 30대가 되면 깊이 생각하고 자신 속에서 반추하고 '그래 사자.'라고 결심한 다음에 산다. 물론 사람에 따라 차이는 있지만 생각한 뒤에 대답을 얻는다.

20대를 출항의 시기라고 생각하는 사람도 많지만 그것은 겉으로 드러난 외형상의 출항에 지나지 않는다. 성인식에서 "지금부터는 한 사람의 성인으로서의 책임과 의무로…" 운운하는 축사를 자주 듣는다. 결혼식의 축사에서도 "두 사람은 이제 한 배를 탄 것과 마찬가집니다. 두 사람이 힘을 모아 어려움을 이겨나가야 합니다. 오늘이 바로 그 출항 첫날입니다." 라고 출항이라는 말을 쓰기도 한다. 하지만 그것은 어디까지나 외형상의 출항에 지나지 않는다. 주위 사람들에게 축복을 받으면서 돛을 올리고 화려하게 출항하는 것처럼 보이지만, 그것은 본인의 의식 속에서 비롯된 출항이 아니다. 그 정도로 깊이 생각하지 않는 경우가 대부분이다. 갈팡질팡하는 사이 현상이 앞질러 나타나고 있을 따름이다.

그런 외부의 폭풍이 지나 숨을 돌리고 본래의 자신으로 되돌아오는 때가 30대이다. 그때 비로소 자신의 목소리가 들리고 마음이 보이기 시작한다. '정말로 이대로 가도 되는 걸까…' '내 인생은 어떤 것일까…'하고 자신에 대한 물음이 시작된다. 날이 갈수록 그 목소리는 점차 크게 들리고 결국에는 무엇인가를 하지 않고는 견딜 수 없는 어떤 충동을 느낀다.

무엇인가를 할 수 있다는 확신조차 없이 힘껏 날갯짓할 그 날을 위해 준비를 시작한다. 그 어느 누구도 눈치 채지 못하게 은밀하게. 우선 지도를 사고 출항에 필요한 물건들을 준비하고, 어떤 코스로 무엇을 하면 좋은가를 생각하면서 시행착오를 되풀이한다. 단지 혼자의 몸으로 출발하는 것이 걱정이지만 지금 이대로는 안 된다, 역시 나는 나 나름의 인생을 만들어가지 않으면 안 된다고 생각하기 시작한다. 그것이 결혼한 사람이든 일을 계속하면서 혼자 살아온 사람이든 누구든 자신의 내부에서 들리는 목소리에 귀 기울이는 시기가 반드시 찾아오는 것이다.

나의 30대, 내 삶의 방식이 결정했다

체험을 통한 어드바이스

 내 자신의 경우를 돌아보면 이렇다. 나는 대학을 졸업한 뒤 어떻게든 내 힘으로 살아가겠다고 마음먹고 억척스럽게 일을 했다. 어머니나 주위 사람들이 '결혼, 결혼' 하고 말했지만 결혼에 대해서는 전혀 흥미가 없었고 하루하루가 바쁘게 지나갔다.

그런데 스물여덟, 아홉 살이 되었을 즈음부터 이런 목소리가 들려왔다.

'지금 하는 일이 앞으로도 계속하고 싶은 일인가…. 정말인가.'

당시 나는 아나운서였고, 말을 통해서 나 자신을 표현하고 있다고 생각했다. 하지만 한편으로 '이 일이 정말로 나를 표현하는 방법일까? 뭔가 다른 방법이 있는 게 아닐까?' 하는 생각이 들었다. 방송국이라는 온실 속에만 있는 것이 과연 잘 하는 것일까, 이것보다 더 중요한 인생이 있는데 '안일한 생각'으로 시간만 흘려 보내고 있는 것은 아닐까—하는 의구심이 들곤 했다. "지금 이대로는 안 된다. 나에게 맞는 진짜를 찾지 않으면 안 된다" 라는 생각 때문에 방송국을 그만두어야 할지 계속 다녀야 할지를 놓고 상당한 시간을 고민했다.

그런데 한번 '다른 것이 있는 게 아닐까?' 생각하고 나니 원래 있던 자리로 되돌아가기가 어려웠다. 특히, 나는 어떤 틀 속에 안주하는 것이 싫었고, 조직 속에서 내가 가진 능력을 충분히 발휘하지 못한다고 생각했다. 모험을 하겠다는 마음을 잃어버린 뒤에는 늦는다. 내 자신의 생각이 한 점에 모아졌을 때 힘껏 날아보자. 날아보자는 기분을 응집하고 그것이 에너지로 충분히 모아졌을 때 나는 9년 동안 근무한 직장을 그만두었다. 그것은 내게 커다란 전기였다. 솔직히 바로 그 즈음 다른 방송사에서 새로운 프로그램을 맡아보지 않겠느냐는 제안이 들어온 것도 내가 결심하는데 한 몫했다.

서른한 살에 나는 방송국을 그만두었다. 마음속으로는 글을 쓰고 싶다는 생각을 하고 있었지만, 그런 상태로는 시작할 수 없었고 방송 일을 하면서 조금씩 바꾸면 된다고 생각했었다. 그리고 방송국을 그만둔 지 1년. 끝도 없는 나락으로 내던져진 듯한 나날이 기다리고 있었다. 일도 생각대로 풀리지 않았고, 10년이나 사귄 연인과도 헤어져서 다시 일어설 수 없을 정도의 충격 속에서 하루하루를 보냈다. 잘 나갈 때는 옆에 있던 사람들도 이쪽의 분위기가 심상치 않게 되자, 모두 손바닥을 뒤집듯 떠났고 심지어 없었던 일까지 주간지에 실려 그렇지 않아도 힘든 내 발목을 잡아끌었다. 나는 그 전에는 한번도 맛보지 못한 좌절감으로 혼자 웅크리고 지낼 수밖에 없었다.

그리고 어느 정도 시간이 지나 혼자 웅크리고 있는 내 모습을 깨달았을 때였다. 내 자신이 그토록 가여울 수 없었다. 나는 앞으로는 나의 내부에서 들리는 목소리에만 귀 기울이고 자신에게 충실하게 살아가자고 결심했다. 그 전과 같이 화려하지 않더라도 진짜 자신의 모습과 함께 하나부터 다시 시작하자. 이제부터가 나의 출항이다, 라고 생각했다.

나는 손으로 더듬어 조금씩 내 주변을 확인하고 준비하면서 조금씩 내가 하고 싶은 일 가까이로 다가가고자 했다. 작은 결과가 나오기까지 과연 몇 년이 걸릴지 전혀 예측할 수 없었다. 10년이 걸릴지, 15년이 걸릴지…. 하지만 30대에 출항을 하면 적어도 쉰 살이 되기 전까지 방향만큼은 잡을 수 있겠지. 지금은 그것을 위한 시작이다. 20대처럼 출항을 축복해주는 사람들도 없고 화려한 테이프도 없다. 나는 그렇게 지켜봐주는 사람 하나 없이 혼자서 망망대해로 나갔다. 그것은 모두 내 자신이 결정한 일이었고, 그래서 불안 같은 것은 없었다. 내가 결정한 일을 반드시 해내겠다는 각오가 있었을 뿐이다. 이번에는 누군가의 강요로 시작하는 것이 아니기 때문에 반드시 해내지 않으면 다시는 일어서지 못할지도 모른다는 생각으로 나는 필사적으로 항구까지 더듬어가서 작은 배를 타고 노를 저어 출항했다.

30대는 출항하는 시기이다. 30대에는 다시 한번 자신으로 되돌아가서 진짜 자신과 대화해보자. 은밀한 출항이 가능한지 어떤지. 그것을 하느냐 안 하느냐에 따라서 미래가 완전히 달라진다. 그 사람의 인생의 의미가 바뀌기 시작한다. 용기를 갖고 자신의 목소리에 귀 기울여 각자가 자신이 있어야 할 곳에서 은밀하게 출항하는 것은 어떨까.

chapter *1*

나만의 집안 만들기 · 가정 만들기

◆ 30대부터 시작하는 현명한 방법

1

30대에 생각하는 주부

남편과 아내의 역할이 변하고 있다

　주부라는 말만큼 편하게 자주 쓰는 말은 없다. 사전에서 찾아보면 주부는 '한 집안의 안주인'이라고 되어 있다. 한 집안의 바깥주인은 남편이고, 안주인은 아내, 즉 주부이다. 그렇게 보면 한 집안을 지지하는 대들보는 바로 남편과 아내이다.

　왜 남편은 바깥주인이라고 하고 아내에게는 안주인이라고 부르는지 따질 생각은 없다. 부부는 어느 한 쪽이 중심도 아닐뿐더러 종속적인 관계도 아니기 때문이다.

　과거의 우리 가정을 살펴보면, '주부의 자리'는 분명하게 정해져 있었다. 부엌으로 가는데 편리한 위치이긴 했지만, 결코 남편에 비해 떨어지는 자리가 아니었다. 가정의 이미지를 그려보면 이두 개의 기둥, 즉 아내와 남편이 있고, 거기에 자녀가 딸린 구조이다.

하지만 현실적으로 우리 주위를 둘러보면 아무래도 '이게 아니다.'라는 생각이 드는 가정이 있다. 두 개의 기둥이 흔들리고 있기 때문이다. 지진의 피해로 기둥이 눌려 구부러진 모양이 되거나 화산폭발 뒤의 분출물로 매몰된 듯한 모양, 더러는 오랜 세월 조금씩 침식되어 미세하게 어긋난 듯 보이는 것도 있고, 흰개미가 보이지 않는 곳에 집을 지은 듯 보이는 것도 있다. 그 양상은 매우 다양하다.

가정의 기둥인 남편과 아내가 자신 있게 든든하게 버티는 가정은 눈에 띄게 줄었다. 최근에는 간단히 세울 수 있는 조립식 구조도 많지만, 기둥은 중요한 만큼 튼튼해야 한다.

왜 가정이 흔들리고 있는 것일까. 그 원인은 여러 가지가 있겠지만, 우선 꼽을 수 있는 것은 과거에 가정에서 지켜지던 남녀의 위치구분이 사라졌다는 점이다. 좀더 분명하게 말하면 역할분담이 사라졌다는 것이다. 따라서 남편과 아내의 범위가 모호해졌다. 과거에는 유교사상이 의식 속에 박혀 있어서 "남편은 밖에서 일하고, 아내는 집안 살림을 돌본다"는 것이 일반적으로 받아들여

졌지만, 지금은 그런 틀이 사라지고 사상적인 배경으로 남은 것은 아무것도 없다.

그렇게 되면 가정의 구성원이 남편과 아내를 중심으로 해서 자녀로 이루어진다는 사실은 변함없지만 그 내용은 완전히 다르다. 남편도 아내도 자신의 위치를 어디에서 찾아야 하는지 알 수 없게 된 것이다.

남자의 경우 적어도 회사에서 일하는 동안만큼은 자신의 위치를 확인할 수 있다. 조직에 속한 톱니 가운데 하나이긴 해도 일단 계장이니 과장이니 하는 역할이 있고, 위치가 있다. 출세에서 멀어지더라도 멀어진 대로 구석자리일지언정 자리가 있다. 하지만 집에 돌아가면 자리도 없고 방도 없는 경우가 대부분이다.

일단 방의 수가 한정되어 있기 때문에 집에서 지내는 시간이 적은 남편을 위한 공간은 특별히 없다. 내가 어렸을 때, 우리 집에는 어머니의 방이나 아이들의 방은 없었어도 엄청나게 큰 책상과 책장이 놓인 아버지의 서재가 있었다. 아버지는 아버지를 위한 자리를 갖고 있었다. 가령 가족이 식탁에 둘러앉을 때도 식탁의 중앙은 아버지의 자리로 정해져 있었다. 그런 질서가 흔들리고 있는 것이다. 집에서 일하는 프리랜서를 제외한다면 지금 아버지의 서재가 있는 집은 과연 얼마나 될까.

가정에서 남편의 자리가 분명하지 않다는 것은 상대적으로 두 개의 기둥 중에 하나인 주부의 자리도 확실하지 않다는 것을 의미한다.

집안일을 생각해보더라도 요즘은 전기제품이 집안의 구석구석까지 닿지 않는 곳이 없다. 그만큼 요즘 주부들이 집안일에 들이는 수고는 줄었다. 어떻게 요령껏 하느냐의 차이가 있을 뿐, 집안일이 힘들다고는 말하기 어렵다. 게다가 자녀의 교육만 봐도 학원을 통해서 해결하는 부분이 많고 심지어 가정에서 당연히 교육시켜야 할 예절조차도 포기한 사람이 많다.

과거에는 주부의 손으로 직접 해야 했던 일들이 다른 것으로 대체되면서 주부들이 방황하고 있는 것이 현실이다. 나도 강연회 등에서 "전업주부는 하고자 하는 마음만 있다면 의식주는 물론이고 교육, 경제 등 생활전반을 포괄하는 훌륭한 직업입니다."라고 주부들을 격려하곤 한다. 하지만 솔직히 말해서 요즘 시대에는 순수한 전업주부는 없는 것이 아닐까, 하는 생각이 든다.

꼼꼼하게 남편과 아이들을 챙기고 생활 전반에 신경을 썼던 우리의 어머니 세대를 동경해보기도 하지만 현실은 달라졌다. 어머니 세대 여성들의 강인했던 마음과 단아해보였던 모습이 아름답다는 생각은 하지만 흉내 내는 것은 역시 쉽지 않다. 사회 구조가 변화하는 속에서 가정만이 그 영향을 피해간다는 것은 불가능하기 때문이다.

가장의 위치가 흔들리고 있고 주부의 자리도 역시 분명하지 않다. 20대에는 전혀 다른 환경에서 자란 남성을 만나 두 사람의 삶을 시작하고 자녀와 티격태격하면서 필사적으로 지냈지만, 30대가 되어 '혼자' 있는 시간이 찾아오면 '이런 상태로 살아도 될까, 이런 것이 아니었는데.'하는 생각으로 '자신이 설 자리'에 대한 의문이 꼬리를 물고 뒤를 잇는다.

가정 속의 자신의 자리, 그것은 이제 과거와 같이 유교나 다른 무엇인가를 바탕으로 외부로부터 강요받는 것이 더 이상 아니다. 여자는 이렇게 하고, 주부는 이렇게 하지 않으면 안 된다, 라는 규범이 존재하지 않기 때문에 해결법은 단 한 가지이다. 다른 어떤 것에 의지하지 않고 혼자 힘으로 '나의 자리'를 찾는 것이다.

2

30대에 켜진 위험 신호

사춘기 증후군이 싹트고 있지는 않은가?

30대는 불안이 싹트기 시작하는 시기이기도 하다. 자신의 '자리'를 찾지 못한 채 하루하루가 흘러간다. 한 남편의 아내로서의 역할, 아이들의 어머니로서의 역할은 분명히 중요하다. 하지만 남편에게는 아버지의 역할 이외에도 밖에서 할 수 있는 자신의 일이 있고, 아이들에게도 학교라는 자리가 있다. 그러나 주부의 경우에는 가정이라는 자리밖에 없는 경우가 많다. 그런 생각은 주부들에게서 자신의 삶에 대한 자신감을 빼앗는다. 아내와 어머니라는 입장에서 떠났을 때 '나는 과연 무엇인가'라고 묻게 되는 것이다.

주부라는 자리를 자랑으로 여기면 그만이다. 당당하게 자신의 자리를 지키면 된다. 하지만 텔레비전이나 신문, 잡지 등을 보거나 주변을 둘러보면 아무래도 마음이 놓이지 않는다. 특히 도시 샐러리맨의 아내들은 그렇다.

그러나 농가의 주부나 자영업자의 아내는 그렇지 않다. 논밭의 일과 가게일이라는 '자리'가 있기 때문이다. 자신의 존재 가치를 스스로 혹은 타인에게 인정받을 수 있는 자리가 있다. '저 집의 안주인은 부지런하다.'라는 말을 들으면 힘이 절로 난다. 안주인이라는 말이 주는 어감은 좋다. 그것은 여관이나 음식점의 '안주인'은 정말 대단한 존재이기 때문이다. 그들만큼 열심히 사는 사람들이 있다. 주변의 생선가게나 야채가게의 안주인들은 자신에 대해 엄격하면서도 착실하게 살아가고 있다. 아무리 화사하게 화장을 하고 유행하는 옷을 몸에 걸쳤다고 해도 장을 보러온 부인들 쪽이 왠지 생기가 없고 모두 비슷하게 보인다.

가게의 안주인들에게는 사회적인 자리가 있다. 자신의 존재 이유를 자신은 물론이고 주위 사람들을 통해서도 발견한다. 그 긴장감이 생기를 더해주는 것이다. 내가 반드시 해야 한다는 강한 의지가 없으면 어떤 미인도 죽은 꽃과 다를 바 없다. 30대 여성은 아내인 동시에 어머니이고 거기에 알파가 더해진다. 그 알파를 흔히 여자의 부분이라고 말하는 사람들이 있지만, 나는 그 의견에는 찬성할 수 없다. 그것보다 오히려 사회적인 존재라는 부분으로 바꾸는 것이 더 타당하다. 자신이 사회의 일원이라는 사실을 인식할 수 있는 부분, 그것은 곧 자신의 자리에 대한 자긍심으로 이어진다. 그런 자긍심이 없기 때문에 아무리 보아도 자세가 반듯하지 않다. 여자의 부분만 가지고는 그런 것들이 도저히 설명되지 않는다.

자신의 존재 이유가 아내와 어머니의 자리뿐인 경우, 그것에 점차 길들여지면 자녀가 자신의 손에서 떠났을 때 이상한 허탈함을 느낀다. 차가운 바람이 가슴을 뚫고 들어온다. 문득 틈새로 끼쳐오는 바람을 느끼고 불안해지는 것이다. 30대는 그런 불안의 싹을 느끼는 시기이다. 그것이 조금씩 커지면 결국 어떻게 될까. 더 이상 혼자 있을 수 없다. 무엇을 해도 차분하게 있을 수 없기 때문에 동료를 찾아서 시간을 보낸다.

어느 드라마처럼, 주말마다 파티를 연다. 그 파티는 교외 주택가에 사는 이른바 중류층의 우아한 부인들의 파티처럼 보이지만, 그 행위의 저변을 흐르는 것은 소름이 돋을 정도로 깊어진 고독과 불안이다. 한 가족이 단란하게 시간을 보내는 듯 보이는 가족 드라마지만, 정작 그 속에는 불륜과 질투, 선망 등이 뒤섞여 있다. 그것을 캡슐로 싸듯 그럴 듯한 최신 픽션으로 완성한 것이다.

그것은 현대 가정의 참모습을 보여주는 단적인 예라고 할 수 있다. 자신의 가정 속에서 채워지지 않은 불만이나 불안을 다른 가정과의 만남을 통해서 해소하려고 하지만, 문제는 완전히 해결되지 못하고 단지 표면적으로만 온화하고 즐겁게 비쳐지고 있을 뿐이다.

불안이 내부로 향해 있을 때는 어떻게 될까?『아내들의 사춘기』라는 책에서 자세히 다룬 적이 있는데, 어떤 경우에는 생각 속에 갇혀서 허전함을 숨기려고 부엌에서 한두 잔 술잔을 기울이다가 서너 잔으로 늘어나고 급기야 알코올 중독에 빠지고 만다. 상황이 그쯤 되면 어떻게도 떨쳐버릴 수 없는 불안이나 어떻게 해볼 수 없는 허무함, 허전함을 잊게 해주는 것은 술뿐이다.

30대에는 그 정도로까지 발전하는 경우는 드물지만 그 전조가 나타날 때가 있다. 남편에게 30대는 가장 바쁜 시기이다. 가정을 돌볼 겨를도 없이 밖에서 일하지 않으면 안 되고, 피곤한 몸을 이끌고 집으로 돌아온다. 그만큼 아내의 허전함은 깊어간다.

또 다른 징후는 가정 내 이혼. 이 말은 한 가정에 함께 있지만 마음은 별거 중이라는 뜻이다. 다시 말하면 외부에 대해서는 가정의 형태를 유지하고 있지만 실질적으로는 마음도 몸도 이혼상태다. 그렇게나마 가정의 모양새를 유지하고 있는 것은 자녀의 존재 때문이다.

사실 지금 그런 가정이 가장 많다. 내 주위에도 가정 내 이혼 단계에서 아이가 대학에 들어간 뒤 진짜로 이혼한 예는 너무 많아서 일일이 셀 수 없을 정도이다.

　가정을 이룬 남자와 여자라는 두 기둥이 흔들리는 현실을 보면 가정이 흔들리는 것은 당연하다. 이런 상황 속에서 여자는 자신의 존재 가치를 사회적으로 확인하고 싶어 한다. 더 이상 집안에서 태평하게 있을 수만은 없게 된 것이다. 결국 20대에 한 차례 버렸던 사회적인 존재 이유를 30대가 되면서 다시 찾기 시작한다. 사는 이유를 찾으려고 하는 것이다.

3

이웃과 다른 가정을 가꾸어보자

집안 만들기 · 가정 만들기는 나 만들기

여기에서 가정 만들기란 남편과 아내와 그들의 자녀로 이루어진 일반적으로 불리는 가정의 형태를 말하는 것이 아니다. 바로 자기 자신을 만드는 일이다. 좀더 구체적으로 말하면 남편과 아내와 자녀의 교제, 즉 자신과 가장 가까운, 사랑하는 사람들과의 관계 속에서 자신을 만들어가는 것을 말한다.

그것은 교외에 집을 한 채 사는 것을 말하는 것도 아니고, 남부럽지 않은 아파트에서 사는 것을 말하는 것도 아니다. 가정 만들기는 자신 만들기다. 여자의 입장에서 보면 아내와 어머니로서의 역할 이외의 자신을 만들어가는 것이다.

당신이 생각하는 가정은 어떤 것인가. 주말에 가족이 함께 자동차를 타고 외출해서 패밀리 레스토랑에서 식사하는 모습인가. 아니면 연휴나 여름휴가에 며칠이고 날을 잡아서 여행을 떠나는 모습인가. 그렇지 않다.

그것보다 자신들, 즉 남편과 아내와 자녀가 각자 자신들의 삶을 만들어가는 것이다.

만약 백 개의 가정이 있다면 백 가지의 삶이 있는 것이 당연한데, 지금은 모두가 똑같은 정보를 쫓아 한 가지 패턴에 맞추는 일에만 매달리고 있다. 모두가 자신들의 삶을 만드는 것을 포기하고 인스턴트 식품을 사듯 가정의 이미지를 가볍게 사려고 한다.

그것은 결과적으로 다른 가정과 똑같은 가정을 만든다. 자신들만의 가정을 이제부터 만들어간다는 것은 쉽지 않은 반면, 타인에게 맞추려고 들면 곁에서 보기에는 간단해 보인다. 그렇기 때문에 휴일만 되면 다른 사람들이 가는 곳을 찾아 나서고 인파 속에서 몸은 녹초가 되고 지출까지 늘어 기분이 엉망이 된다. 당연한 일이지만 그런 삶에서는 만족감을 얻지 못한다.

중산층이라는 의식도 뿌리는 거기에 있다는 느낌이 든다. 우리 집은 남들처럼 전자제품과 차도 있고, 휴일이면 외출을 한다, 그래서 우리도 중산층이다. 그게 전부이다.

중산층 의식을 가진 사람이 많다는 것은 어찌 보면 다른 사람의 흉내를 내는 가정이 많다는 증거이기도 하다. 거실을 보면 바로 알 수 있다.

넓이와 공간에 상관없이 남들이 장식한 피아노, 소파, 장식장 등으로 복잡하게 갖추어 놓아 실제로 거실 구실을 못하게 하는 경우가 그렇다. 소파 세트만 있으면 거실로 생각하는 경향도 있어서 그 가정의 주부와 가장, 그리고 자녀들이 지내는 장소로 활용하지 못하는 것이 사실이다. 심한 경우에는 텔레비전을 보는 장소로 전락하고 있다. 가령 아이가 좀더 자유롭게 기어 다닐 수 있는 공간, 모두가 자유롭게 둘러앉을 수 있는 공간으로 만들고, 남편도 한쪽에 누워서 편하게 책을 읽을 수 있는 공간을 만들고 싶다면, 굳이 자리만 차지하는 가구를 두기보다 마음에 드는 카펫을 깔고 쿠션을 놓아두는 것이 좋다.

그리고 한 가지를 더 이야기하면 거실에서 자리만 차지하는 장식물들이 있다. 조율되지 않은 피아노와 표지가 말끔한 백과사전.

피아노는 자녀가 어렸을 때 구입해서 얼마 동안 연습을 하는데 쓰이지만 아이들이 자라면서 열어보는 사람도 없이 자리만 차지한다. 백과사전도 사놓기만 했을 뿐 누구 하나 펼쳐보려고 하지도 않고 펼쳐본 일도 없다. 그것은 정말 부끄러운 일이다. 색색의 펜으로 밑줄을 그어가면서 책장이 떨어질 정도로 쓰는 물건이라면 쉽게 손이 가는 장소에 놓아두는 것은 상관없다. 하지만 현실은 그렇지 않다.

쓰는 물건이라면 놓아두어야 하겠지만 사용하지 않는 단순한 장식물이라면 놓아둘 필요가 없다. 조금이라도 넉넉하게 활용하는 것은 어떨까.

가정은 집도 아니고 방도 아니고 물건도 아니다. 서로의 관계나 삶의 방식, 가치 등을 만들어가는 것이다. 가정이라는 기성의 이미지 속에 빠져 있어서는 안 된다.

새 집으로 이사한다고 생각하고 가족이 함께 텅빈 상태에서 생각해보자. 예를 들어 거실에서 남편은 어떻게 지내고 싶은가, 아내는 무엇을 하고 싶은가, 자녀는 무엇을 가지고 놀고 싶은가. 모두가 머리를 맞대고 자신들이 하고 싶은 일을 할 수 있는 장소로 만들어보자. 공간을 나누는 것도 좋다. 가령 아버지의 자리와 어머니의 자리, 자녀의 자리를 만들거나 가족이 모두가 모였을 때는 한 가운데 둘러앉는 것도 좋다. 그렇게 하면 불필요한 큰 물건은 거실에서 자취를 감추게 되고, 거실 세트가 멋지다는 생각 따위도 하지 않게 될 것이다.

자신의 가정을 온전히 지키기 위해서라도 당신의 가정은 옆집이나 친구 집과 다른, 혹은 다른 어디에도 없는 가정이 아니면 의미가 없다.

4

30대 주부에게 결여된 것

발상의 출발점을 잃고 있지 않은가?

30대 주부의 이야기를 듣고 있으면 '아차' 싶은 생각이 종종 든다. 어딘가 이상하다, 무엇인가 빠져 있다는 생각이 드는 것이다.

그것은 주어가 자기 자신이 아니라는 점 때문이다. '남편이…' '우리 애가…' '옆집 부인이…' '친구 ○○○가…'. 주어가 모두 자신이 아닌 다른 사람이다.

20대에는 틀림없이 "난 그렇게 생각하지 않아." "내가 좋아하는 것은….."이라고 말했을 텐데 언제부터인지 이야기 속에서 '나는…'이라는 주어가 사라지고 만 것이다.

언제부터 그렇게 된 것일까. 여성들은 대부분 결혼과 동시에 남편에게 매이고 조금 더 시간이 흘러서 자녀를 돌보는 일에 쫓기는 동안 '나'를 방치해두기 때문에 다른 사람들에 의해 끌려가는 인생을 산다. 자신도 모르는 사이에 화제는 남편이나 아이들의 이야기로 바뀌고 지나치게 다른 사람들을 신경 쓰면서 친구나 옆집 부인의 이야기만 해댄다.

물론 이따금 다른 것을 생각할 겨를도 없이 자기 앞에 놓인 육아에만 매달리는 것도 좋다. 하지만 문득 멈춰 서서 생각했을 때 '나는…'이라는 발상 자체가 사라지는 것은 마음을 허탈하게 만든다. 그것을 깨닫는 것이 바로 여유가 생기기 시작하는 30대가 된 이후이다.

그런 생각이 들면 가능한 자신의 말을 관찰해보자. 다른 사람을 주어로 해서 말하는 것은 아닌가. 만약 대부분의 이야기가 그렇다면 의식적으로 '나'를 주어로 해서 말해보자.

"나는 이렇게 생각해…" "나는 그것이 그렇게 좋다고는 생각되지 않아…" 등등 다소 오버한다는 생각이 들 정도로 '나는' 이라고 말해도 좋다. 그렇게 말하는 사이 이야기 속에서 '나의 생각' 이 되살아 날 것이다.

'나'라는 자신 속에 한 번 더 비춰서 생각해보는 일은 아주 중요하다. 텔레비전에서는 이렇게 말한다, 신문에서는 다른 표현을 쓰고 있다, 옆집 부인은 이렇게 말했다. 정말일까, 나는 그렇게 생각하지 않아, 그렇다면 나는 어떻게 생각하는가. 한 번 더 나 자신으로 되돌아가서 생각해보는 것이다.

말을 할 경우에는 적어도 '나'라는 존재의 말로 이야기하자. 그것이 가정에 있어서도 반드시 필요하다.

주부들의 경우, 남편과 자녀는 자신과 가장 가까운 사람이고 언제나 함께 있다는 생각이 깊게 뿌리 박혀 있다. 부부는 일심동체라는 말도 있고 자녀를 자신의 소유물처럼 생각하기도 하지만, 사실은 남편도 자녀도 모두 타인이다. 친분관계가 가장 두터운 사람이라고 생각하는 것이 맞다.

타인은 애정의 유무와는 관계가 없다. 애정은 많을수록 좋지만 생각은 달라도 상관없다. 다르기 때문에 의미가 있는 것이고, 같은 것은 오히려 이상하다. 어딘가 한 가지 공통점이 있으면 그것으로 충분하다.

남편은 남편의 생각, 자녀에게는 자녀의 생각이 있다. 그리고 나에게는 나의 생각이 있다. 그렇게 생각이 다른 세 사람이 함께 살아가는 것이다.

모두가 다르기 때문에 상대방을 서로 인정해주려는 마음도 생긴다. 남편은 자신의 생각을 갖고 있고 자녀도 성장함에 따라서 자신의 생각을 갖고 커 가는데, 주부만 자신의 생각이 없다면 따돌림 받는 듯한 느낌이 든다. 어렸을 때는 말을 잘 듣던 자녀도 나날이 성장해간다. 남편은 남편의 자리, 자녀는 자녀의 자리를 가지고 있기 때문에 나도 나의 자리를 갖는 것이 중요하다. 그렇지 않으면 정상적인 가족관계는 유지되지 못한다.

여자 쪽만 일방적으로 남편과 자녀에게 밀착되어 있기 때문에 상대방에게 배신감을 느끼거나 차가워졌다고 불평을 한다. 30대는 남편과 자녀로부터 떨어지는 시기이다.

남편의 직위가 높아지면 자신의 지위도 높아지는 것처럼 생각하는 여성들이 있지만, 그런 모습처럼 꼴불견도 없다. 남편은 자신에게 주어진 일을 할 수 있는 능력이 있기 때문에 그 만큼의 지위를 얻은 것이다. 그것이 부인의 지위가 될 수는 없다. 부인은 또 전혀 다른 인격이다. '○○○의 부인'이라고 불린다고 해서 기뻐하는 것은 자신감이 없다는 증거다. 얼마나 보여줄 것이 없는가를 스스로 증명하는 것이라고 생각해도 좋다.

남편은 남편이고, 나는 나다. 자신을 제어하지 못하면 어느 순간 자신을 잃고 만다. 자녀가 좋은 학교에 들어갔다고 그 사실만 부각시키면, 자녀에게 모든 것을 의지하는 함정에 빠지고 만다.

그것을 깨달았다면 그곳에서 기어서라도 올라오려고 노력하지 않으면 안 된다. 다른 사람의 말이 아니라 자신의 말로 이야기하기 시작하고, 화제도 가능하면 자녀나 남편에 관한 것은 피하고 자신에 대해 이야기하는 것이 좋다.

동창회 등의 모임에서 빠지지 않는 화제는 남편이나 자녀의 자랑거리이다. 서로 자랑거리만을 말하기 때문에 나중에는 다른 가정에 대한 질투와 선망만 남는다. 그것은 정말 슬픈 광경이다. 그런 종류의 이야기에는 끼지 않는 것이 상책이다.

다시 말하지만 '나'를 주어로 말하는 훈련을 통해서 다시 한 번 분명한 자신을 되찾는 노력을 해보자. 그것이 30대에 만들어가야 할 가정 만들기의 기초이다.

5

안에서는 엄하게, 밖에서는 관용으로

지나친 가족주의는 민폐

'집안 만들기, 가정 만들기'를 생각할 때 현대인들은 안쪽만 보려는 경향이 있다. 연초에 사찰 등을 찾아가서 가족 관계나 집안의 안녕, 일가의 건강을 기원하는 것만 보더라도 집이라는 단위를 얼마나 소중하게 생각하는지 알 수 있다.

물론 자신의 가정을 소중하게 생각하는 것은 필요하다. 하지만 그와 동시에 다른 사람이나 다른 가정도 소중히 여기는 생각이 바탕에 깔려있지 않으면 안 된다. 자신의 가정만 좋으면 된다는 배타적인 생각은 버려야 한다. 자신이 기분 좋게 살기 위해서는 다른 사람도 기분 좋게 살지 않으면 안 되는 것이다.

나는 현대인들이 가정 만들기에서 그런 생각이 결여되어 있다는 생각을 지울 수가 없다.

그것은 일상생활 속에 그대로 나타나 있다. 자신의 집은 깨끗이 하면서 집밖에서는 태연하게 쓰레기를 버리는 사람, 행락지에서 귀가 찢어질 정도로 음악을 틀어놓는 사람 등 천태만상이다. 다른 사람이 느낄 불편은 안중에도 없고 자신들만 좋으면 그만인 것이다. 또한 전철을 타면 흙투성이가 된 신발을 신은 채로 아이들을 앉히고 그 신발 때문에 다른 사람의 옷이 더럽혀져도 태연하다. 심지어는 사람들이 앉아 있는 틈을 비집고 아이를 앉히기도 한다.

당신은 나만 좋으면 그만이다, 라는 생각으로 다른 사람에게 불편을 끼치는 가정을 만들고 있지는 않은가.

서양의 것이 반드시 좋다고는 말하기 어렵지만, 그들은 타인에게 불편을 끼치지 않도록 예절교육만큼은 엄격하게 하고 있다. 우리의 경우, 대부분 집안에서는 응석을 받아주고 밖에서는 엄격하다. 하지만 오히려 그와 반대로 집안에서는 엄격하게 대하고 밖에서는 관용적으로 대해야 한다.

그뿐 아니다. 유럽과 미국에서 거리를 걷다보면 창가나 베란다의 화분이 모두 거리를 향해 놓인 것을 볼 수 있다. 하지만 우리의 경우에는 유럽이나 미국과는 반대로 화분이 집 안쪽을 향해 있다.

그것은 유럽이나 미국에서는 지나가는 사람들이 꽃을 보고 즐길 수 있게 배려하는 반면, 우리는 집안에 있는 사람들만 보고 즐기면 그만이라고 생각하는 것이다. 가정도 마찬가지이다.

요즘 사람들을 보면 자신의 가족 혹은 기껏해야 친구나 아는 사람들이 즐기면 그만이라고 생각할 뿐, 밖에서 보고 어떻게 생각할까, 하는 것까지는 생각이 미치지 않는 것 같다. 이것은 시대가 바뀌어도 별반 달라지지 않는다.

밖에서는 어떻게 보일까―즉 객관적으로 자신과 가족을 바라보는 안목을 키우는 것이 참된 가족 만들기를 하는 데 한 요소다. 그런 안목이 없으면 가족사랑은 오히려 사회에 나쁜 영향을 미치게 된다.

다른 사람에게 불편을 주지 않는 것, 이것이 예절의 첫걸음이고 가족 만들기에 없어서는 안 되는 요소이다.

가족을 동반한 경우를 보면 긴장감이 결여되어 있다는 생각을 하게 된다. 왠지 아름답지 않다.

남자아이와 여자아이 둘을 동반한 경우나 부모 한 사람이 자녀를 동반한 경우에는 일대일의 관계에서 만들어지는 긴장감이 있다. 하지만 양부모와 자녀가 함께 있는 경우에는 왠지 긴장감이 떨어진다.

한 가족이 함께 있다는 안도감이 그렇게 만드는 것일까. 서로
에게 의지하는 모습이 고스란히 드러나기 때문에 그 모습이 아름
답게 비치지 않는다. 그들은 타인의 시선을 의식하지 않는다. 한
가족이라는 의식 속에 초점이 고정되어 있기 때문에 주변 사람들
의 시선을 완전히 무시하고 마치 '우리 가족이 나가신다!'라고 유
세하는 듯한 광경이 연출된다. 그런 모습은 어떻게 보아도 좋게
보이지 않는다.

좀더 긴장감을 갖고 행동하지 않으면 가족은 사회적으로도 눈
살을 찌푸리게 만드는 존재가 될 수밖에 없다. 항상 다른 사람을
배려할 필요가 있다. 자신의 자녀가 주변에 불편을 주는 것은 아
닌지, 만약 불편을 끼쳤다면 아이를 꾸짖는 것도 필요하다. 집안
에 있을 때보다는 가족이 다 함께 외출했을 때 그 가족의 참모습
을 확인할 수 있다.

정월 같은 명절에는 가족을 동반한 귀성객이 많다. 그때도 자
신의 가족만 좋다면 다른 사람이 어떻게 생각하든 상관없다는 태
도를 취하는 사람들을 자주 본다.

열차 안에서 가족을 동반한 무리 속에 혼자 앉아있을 때 느끼
는 불편함은 뭐라고 표현하기 어렵다. 이쪽은 일과 관련된 책을
읽거나 준비를 하고 싶어도 서로 마주보도록 의자를 회전시켜서

시종일관 수다를 떨어서는 제대로 앉아있기도 어렵다. 아무리 가족끼리 이야기를 나누고 싶다고 해도 상관없는 사람이 한 사람이라도 있을 때는 좌석을 원래대로 돌려놓는 것이 예의이다.

비행기 안에서도 마찬가지다. 아이가 창가 쪽 자리에 앉겠다고 보챌 때 부모로서 그런 아이를 꾸짖기는커녕 창가에 앉아 있는 사람이 자리를 바꾸어주지 않는 것을 탓하면서 '○○○야, 창가 쪽이 좋은데, 그치.' 라고 한술 더 뜨는 사람이 있다. 그 정도가 되면 창가 쪽에 앉아 있던 사람이 자리를 바꾸어주지 않을 수 없다. 언젠가 창가 쪽에 앉은 사람이 비행기를 처음 탄 듯 보이는 노인이었을 때는 그 가족이 그렇게 밉게 보일 수 없었다.

가족동반이 가장 편안해보이고 아름다운 풍경이라는 말은 당치도 않다. 자신들만 생각하는 모습이 추하고 꼴불견인 경우가 훨씬 많기 때문이다.

다시 한 번 자신의 모습을 거울에 비춰보자. 당신의 가정은 어떤가. 외출했을 때 자신들의 모습을 고치는 것도 주부의 역할이다.

chapter 2

나중에 후회하지 않는 육아 · 자녀 교육

◆ 30대부터 시작하는 부모와 자식 관계

6

입보다 등이 말한다!?

자녀의 인생의 기초는 부모의 삶이 좌우한다

아이들은 부모의 등을 보고 자란다고 한다. 부모의 등이란 곧 부모의 삶이다. 부모의 책임은 무겁다. 아이가 반발을 하든 흉내를 내든 가장 가까이 있는 어른의 영향이 크다. 전혀 영향이 없다는 것은 있을 수 없다.

최근 아이들 사이에서 발생하는 왕따 문제나 폭력 문제가 사회적으로 크게 거론되고 있지만 그런 문제는 어느 날 갑자기 아이들 사이에서 나타나는 것이 아니다. 그 자체가 어른들의 삶이 투영된 것이다.

아이들이 가장 순수한 존재로 비유되는 만큼 그 현상이 더 크게 확대되기도 하지만 그것은 어른 사회의 축소일 뿐이다. 어른들의 왕따 문제는 아이들 사회에서만큼 확실한 형태를 띠는 것은 아니지만 자신과 다른 색깔을 띤 사람을 흠집 내거나 약한 사람을 소외시키는 방법은 왕따와 별반 다를 바 없다.

20대는 아직 아이 같은 부분이 남아 있고 시간에 쫓기면서 허겁지겁 지나가지만 30대가 되면 자신의 언동에 책임을 지지 않으면 안 된다. 자녀와 접하는 시간이 가장 많은 어머니들은 자신이 하는 일을 자녀가 모두 보고 있음을 알아야 한다.

아이들의 말투를 보면 모르는 사이에 아이들이 얼마나 부모를 닮아 가는지 알 수 있다. 가령 전화를 걸었을 때 전화를 받은 상대방이 친구라고 생각하고 이야기를 했는데 알고 보니 어머니였다거나 아들이었던 경험이 한두 번은 있을 것이다. 부모와 자식, 형제는 자신도 모르는 사이에 닮아간다. 다섯 살부터 중학생까지의 기간 동안 말투의 기본적인 요소가 결정된다고 한다. 그러니 그 기간까지 함께 지내는 어른, 즉 아버지나 어머니의 영향이 절대적인 것은 틀림없다. 어린 아이들은 목소리가 다르기 때문에 알 수 있지만 변성기 이후로는 똑같다.

내 친구들은 전화통화를 할 때, 나와 나의 어머니를 자주 혼동했다. 나와 나의 어머니는 서로가 닮았다고 생각한 적도 없었고 어머니는 니가타 출신이어서 사투리가 남아있는데도 친구들은 똑같다고 말하곤 했다. 필시 어딘가 닮았기 때문일 것이다.

말투는 극히 단적인 예이고, 주부들은 하루하루의 생활 자체를 아이들이 보고 있다는 사실을 잊어서는 안 된다. 매일 틈만 나면 텔레비전을 보는 어머니가 아이에게 "텔레비전 그만 보고 공부 좀 해."라고 말하는 것은 아무런 효과가 없다. 부모가 자녀에게 하는 교육은 말로 하는 것이 아니기 때문이다. 입으로 이래라저래라 가르치는 것이 아니라, 자신의 삶을 보여주는 것이다.

한때 어머니가 일을 하면 자녀를 잘 보살필 수 없다는 점을 들어서 자녀를 둔 여성이 일하는 것은 좋지 않다고 말하던 시기도 있지만, 집에 있으면서 남의 소문이나 퍼뜨리고 텔레비전만 보면서 일과를 보낸다면 오히려 자녀교육에 득 될 것이 없다.

어머니가 밖에 나가서 일을 하더라도 나름대로 사명감을 갖고 활기차게 생활하면 그것이 자녀에게도 자연스럽게 전달된다. 그리고 그런 어머니의 모습이 자녀에게는 자립심을 키우는 계기가 된다.

나는 요즘 스무 살이 넘은 사무직 여성들의 취재를 계속해왔다. 취재하면서 느낀 것은 자립정신은 어렸을 적에 키워지는 것이라는 사실이다.

다른 사람에게 의지해서 자신이 원하는 것을 얻으려는 여성은 그 어머니에게 문제가 있다. 반대로 혼자 힘으로 자신을 키우고 자유롭게 살고자 하는 여성은 어렸을 적부터 그 근본이 만들어져 있다.

새내기 공업디자이너로 사회에 첫걸음을 내디딘 어떤 여성은 이렇게 말했다.

"우리 집은 아버지와 어머니 두 분 모두 일을 하셔서 제가 어렸을 때부터 가족 모두가 집안일을 분담하곤 했어요. 어렸을 적에는 떼를 쓰거나 고집을 부리고 싶었던 때도 있었지만 어머니가 힘들게 일하시는 뒷모습을 보면서 자랐기 때문에 어머니가 자랑스러웠고, 어머니도 어린 나를 어른처럼 대해주셨어요."

함께 지내는 시간이 아무리 짧아도 아이는 어머니의 삶이나 하고 있는 일을 피부로 느낀다. 그리고 함께 있는 시간이 짧기 때문에 그 밀도는 더 농후하다.

자녀들은 부모의 등을 보고 자란다. 등을 보여주는 것은 비단 아버지뿐만이 아니다. 가정의 중요한 기둥 중에 하나인 어머니의 등도 어김없이 응시하고 있다.

어느 평론가가 말하기를 동양의 어머니는 자녀가 위험에 처했을 때 돌아서서 자녀와 대칭을 이루는 자세로 감싸고, 서양의 어머니는 자신의 뒤쪽에 자녀를 둔 자세, 즉 등을 돌린 자세로 자녀를 보호한다고 한다.

아이 쪽을 바라보는 자세는 대항해야 할 적에게 등을 보이게 되기 때문에 위험한 반면, 아이를 뒤쪽에 두면 적을 응시할 수 있는 방어 자세가 된다. 이때 아이들은 어머니의 등을 본다.

이 한 가지 사실만 보아도 부모와 자녀의 관계를 알 수 있다. 동양에서는 어머니와 자녀가 생활 속에서 티격태격하는 일이 많은데 자녀들에게 좀 더 등을 보여주는 것이 좋지 않을까 생각해 본다.

요컨대 부모와 자녀가 서로에게 의지하지 않고 어머니가 개인으로서의 삶을 제대로 살아간다면 자녀에게도 자신의 삶을 제대로 보여줄 수 있을 것이다.

7

어렸을 때, 당신은?

반항·반발은 아이들이 성장한다는 증거이다

대부분의 부모는 '착한 아이'를 좋아한다. '착한 아이'란 어떤 아이를 말하는 것일까. '착한 아이'의 기준은 무엇일까, 생각해보면 특별히 꼽을 수 있는 것은 아무것도 없다. 솔직하고, 명랑하고, 상냥하고, 남을 배려할 줄 알고, 힘들게 하지 않고, 등등. 이렇게 몇 가지를 열거해보아도 딱히 집히는 것이 없다. 나는 오히려 그런 조건을 모두 충족시키는 것이 섬뜩하다는 생각이 든다. 여기에서 생각해보아야 할 것은 누구에게 있어서 착한 아이인가이다. 그것은 말할 것도 없이 부모나 교사 등 어른들이다.

좀더 엄밀하게 말하면, 자신이 볼 때 그 아이가 '착한 아이'인가 아닌가가 판단기준이 되는 것이다. 그것이야말로 이기적인 생각이 아닐 수 없다.

사실 어른이 보는 '착한 아이'는 좋은 점만 있는 것이 아니다. 그것은 자신의 어린시절을 생각해보면 바로 알 수 있다. 어른들은 모두 자신의 마음이 내키는 대로 자신의 생각에만 맞추라고 강요한다. 그 때문에 화가 났던 적이 적어도 한두 번은 있을 것이다. 어른은 어른의 감정으로 아이들을 교육시키려고 한다. 자신에게 불리한 것은 강요하면서도 한편으로는 옳지 않다고 말한다. 그뿐 아니라, 아이들의 의견은 들어보려고도 하지 않는다.

아이들의 입장에서 보면 어른 세계의 부조리는 셀 수 없이 많다. 그것이 반발심이나 반항으로 나타나고 심지어는 가정 내 폭력이나 교내폭력, 왕따로 발전한다.

나도 중학교와 고등학교 시절에는 착한 아이가 아니었다. 내가 부모님에 대해 반항심을 느꼈던 것은 아버지의 삶의 방식이 싫었기 때문인데, 그것을 묵묵히 받아들이는 어머니를 볼 때마다 나는 마음이 편하지 않았다. 나는 밖에서 별로 말을 하지 않았던 만큼 집에서는 감정이 그대로 폭발했다. 그런 나 때문에 어머니는 얼마나 울었는지 모른다.

나는 아버지나 어머니를 용서할 수 없었다. 그런 한편으로 그런 부모의 비호 아래 있을 수밖에 없는 초조함까지 보태져서 점차 불안이 커갔다. 거기에 입시를 앞두고 있었다. 나는 어렸을 때 몸이 약해서 2년 동안 학교를 쉰 적이 있어서 과보호 속에서 어린 시절을 보냈다.

하지만 생각해보면 그런 반항심이나 반발심이 나 자신을 만드는 에너지가 된 것은 부정할 수 없다. 내 속의 자아는 기성세대에 대한 반항심이나 반발심을 통해서 조금씩 성장하고 있었다.

그런 경험에 비추어서 생각해보면 반항심이나 반발심이 없는 '착한 아이'는 무의미하다고 나는 생각한다. 학교에서 교사로 일하고 있는 내 친구도 이런 말을 한 적이 있다.

"요즘 아이들 중에는 반항기가 없는 아이가 있어. 그건 문제야."

가정 내 폭력이나 교내 폭력은 지나친 행동이긴 하지만 아직은 정상이다. 무서운 것은 '착한 아이'가 늘어나는 일이다. 어른이 다루기 쉬운 '착한 아이'가 늘고 있다. 어른에 의해 관리되고 그것을 단지 묵묵히 따르는 아이들이 늘어나고 있는 것이다.

지금의 교육을 바라볼 때 내가 가장 무섭게 생각하는 것은 어른이 아이들을 관리하는 것이다. 학교에서는 교사의 영향력이 위에서 아래로 구석구석까지 미치고 학생들도 서로를 관리한다. 머리가 긴 아이를 괴롭히거나 학교 배지를 달지 않았다, 신발장에

신발을 넣는 방법이 틀렸다, 등등으로 학생들끼리 감시를 한다. 요즘 발생하는 왕따 문제는 그런 관리체제에서 나온다. 그 기준에서 벗어나는 것은 왕따의 대상이 되기 때문이다. 희생자는 힘이 없는 아이, 다른 아이들과 다른 것을 하는 아이들이어서 아이들의 개성이 무시되기 쉽다.

학교에서는 어쩔 수 없다고 해도 적어도 가정에서조차 학교처럼 관리해서는 안 된다. 적어도 부모는 자녀를 관리해서는 안 된다. 자녀는 전혀 다른 인격체이다. 부모가 30대가 되면 자녀도 꽤 성장한 상태다. 부모나 교사가 생각하는 '착한 아이'를 만들어서는 안 된다. 반항하는 쪽이 힘들 거라고 이해해주고 오히려 그것을 기쁘게 받아들여야 할 것이다. 아이는 기성의 틀을 깨고 성장하려고 하고 있다. 그 자아의 자각을 지켜보아 주면 어떨까 싶다.

아이들을 대할 때, 어른 대 아이, 그것도 자신의 아이라는 태도로 대하는 것은 잘못된 생각이다. 그렇게 해서는 아이의 마음을 이해하기 어렵다. 나는 오히려 '자신의 어린시절'을 생각해볼 것을 권한다.

나에게는 아이가 없다. 그렇게 말하면 아이가 없는 사람은 자녀에 대해서는 모른다고 생각하는 사람들이 있지만, 그렇지 않다. 나는 아이는 없지만 나도 아이였던 때가 있다. 자녀 문제를 생각할 때, 나는 제일 먼저 '내가 어렸을 때'를 생각한다. 그때 어떻게 생각했는가, 어떻게 했는가…. 그러면 반항하는 마음이나 어른에게 화가 나 있는 기분도, 일부러 불량스럽게 스커트의 길이를 늘리거나 교복에 반발하는 기분도 모두 짐작이 간다. 아이나 젊은 사람들은 외계인이나 신인류가 아니다. 자신의 생각이나 머리가 기성세대의 이미지에서 벗어나지 못한 채 아이를 보고 있는 것뿐이다.

자신의 아이라고 생각하면 오히려 객관적으로 보지 못하게 되지만 아이가 없으면 객관적으로 볼 수 있는 경우도 있다.

사람들은 자녀를 통해서 자신이 과거에 체험했던 것을 다시 경험하게 된다고 한다. 하지만 자신의 아이라고 생각하고 부모로서 아이를 대하기 전에 한 번 더 자신의 어린시절을 떠올려보는 것은 어떨까 싶다.

8

'남자답다' '여성스럽다'는 이제 낡은 생각

육아 방침, '인간다움'을 권한다

당신의 집에서는 '여성스럽다' '남자답다'라는 말을 무의식적으로 쓰고 있지는 않은가. '남자답다', '여성스럽다'는 말은 과연 무슨 의미일까. '여자는 친절하고 배려할 줄 알아야 하고', '남자는 용기가 있어야 하고' 운운하는 것일까. 여자 남자 구별할 것 없이 그것은 모두 중요하다. 친절도 배려도 용기도 모두 사람이라면 갖추어야 할 요소이기 때문이다. 결국 '여성스럽다', '남자답다'라는 말은 '인간다움'을 뜻한다.

예를 들어 전철에서 노인이 서 있다고 하자. 그때 자리를 양보

한 사람이 여자였다면 '마음씨가 참 곱다'고 비쳐질 것이고, 남자였다면 '정말 용기가 있다'고 생각할지도 모른다. 그렇게 행동한 것이 여자인 경우 결과로서 '여성스러운' 행동이고, 남자인 경우 '남자다운' 행동이 되었을 뿐이다. 이것은 나의 선배이자 『30대에 남자가 해두지 않으면 안 되는 일』을 쓴 스즈키 겐지 씨가 '여성스러움에 관한 이야기'에서 쓴 내용이다.

요컨대 '여성스러움' '남자다움'은 결과일 뿐이다. 사람은 인간다우면 된다.

30대에 자녀에게 사람으로서의 삶을 가르칠 때 가장 중요한 것이 '인간다움'이다. 여자이기 때문에 예의바르고 솔직하고 우아하게 행동해야 한다는 것은 말이 안 된다. 여성이라면 '여자는 여자답게'라고 교육하는 것이 지금까지 사회에서 얼마나 많은 여성에게 피해를 주었는지 잘 알 것이다.

학교를 졸업하고 일할 경우, 동기 남자들은 자신이 일하는 분야에서 점차 경력을 쌓고 일의 내용이나 지위가 바뀌는데 반해, 여자는 기껏해야 차 심부름뿐이다. 아무리 일을 잘 하더라도 인정받을 수 없다. 오히려 남에게 의지하려 들거나 미인계를 쓰는 등 여자를 수단으로 삼는 여성이 귀여움을 받는다. 당신은 좀 더 인정받고 싶다고 생각했을 것이다. 나도 그런 경험이 얼마든지 있다.

차 심부름만 해도 그렇다. 차를 마시고 싶은 사람이 직접 준비해서 마시면 된다. 때마침 차를 준비해서 갖다 준 사람이 우연히 여자면 '여성스럽다'고 할 수 있고, 남자라면 '남자답다'고 보는 것이 당연하다.

그렇기 때문에 당신의 자녀에게는 외형상의 '여성스러움'이나 '남자다움'을 요구하기보다 '인간다움'을 가르치는 것은 어떨까 싶다. 다만 지금까지의 오랜 역사 속에서 이미 몸에 밴 부분도 있기 때문에 우선 '여성스럽다'거나 '남자답다'라는 말을 하지 말아야 한다. 남자와 여자의 성적구별은 처음부터 존재하는 것이니 굳이 오목조목 따져서 말할 필요도 없다.

미국의 한 통계에 따르면 경력을 쌓고 회사의 부사장 이상의 지위에 올라 활동하는 여성들에게는 두 가지 특징이 있다고 한다. 하나는 성장할 때 '여자 아이'로 키워지지 않았다는 것이다. 실제로 장녀나 무남독녀 외동딸이 많다고 한다. 자녀가 하나면 부모도 굳이 남자와 여자로 구별하지 않고, 장녀의 경우에는 처음 얻은 자녀라는 의식이 있어서 부모 쪽에서 '여성스러움'을 강요하지 않기 때문이라고 한다.

다른 한 가지는 서른 살을 넘어서 어느 정도 일의 토대가 만들어진 다음에 결혼했던가, 특정한 남자 친구가 있어서 폭넓은 인간관계를 갖고 있다는 것이다.

전자를 생각하면 나도 부모님에게 감사한다. 우리 집은 오빠와 나 둘뿐인데 부모님들은 우리 남매를 남자와 여자라는 성별로 행동을 규제하지 않았고 나는 나다, 라고 생각하도록 키워주셨다.

어머니들은 딸들에 대해서 자신과 같은 여성이라는 이유 때문에 필요 이상으로 자신의 삶의 방식을 강요해서는 안 된다. 자신이 스물네 살에 결혼했다고 해서 딸을 자신과 똑같은 삶을 살도록 구속한다는 것은 가여운 일이다. '너는 너답게 살아라.'-이것이 지각 있는 30대 주부의 자녀육아법이다.

오히려 딸에게는 혼자 힘으로 살아갈 수 있도록 정신적인 자립과 경제적인 자립을 돕는 것이 중요하다. 앞으로의 시대에서는 점차 그런 삶이 필요하다. '여성스러움'이 아닌 '자신다움'이 중요하고, 자녀의 자신다움을 인정해주는 일은 곧 부모 자신의 삶이 자신다워지는 일이기도 하다.

한편 아들에게는 오히려 집안일을 가르쳐야 한다. 자신의 생활에 필요한 일을 하지 못한다는 것은 부끄러운 일이다. 최소한 스스로 음식을 만들어서 먹을 수 있을 정도까지 집안일을 할 필요가 있다. 남자들 중에는 경제적으로는 자립하더라도 생활면에서는 전혀 자립하지 못한 사람이 많다. 혈혈단신으로 전근을 가거나 이혼했을 때 살림을 못하는 남자만큼 불쌍한 사람은 없다. 아니, 그 이전에 자신을 돌보는 일조차 하지 못하는 사람은 어른이라고 말하기 어렵다.

우선 가정에서 '집안일은 여자가 해야 한다'는 생각으로 역할 분담을 하지 말고, 아무리 입시준비로 바쁘다고 해도 자신의 일은 스스로 할 수 있게 키워야 한다. 좀더 능력이 된다면 청소든 무엇이든 한 가지라도 좋다. 집안일을 자녀에게 시키는 것은 가까이에서 배울 수 있는 교육이다. 내가 어렸을 때 오빠는 집 현관을 청소하고 아버지는 이부자리를 개서 없는 등 자연스럽게 무엇인가를 했다. 다른 집에서도 그것이 당연했다. 지금처럼 가전제품이 많아진 시대는 훨씬 간편해졌다. 다만 전업주부의 경우에는 집안일 중에서도 주된 일만큼은 자신의 일이라고 생각하고 제대로 해둘 필요가 있다.

9

충분히 대화를 나누고 있는가?

자녀교육의 비결은 귀담아 들어주기

요즘은 자녀든 부모든 입시제도에 꼼짝없이 매여서 그것에 휘둘리고 있다는 느낌이 든다. 좋은 회사에 들어가기 위해서 좋은 대학에 들어가려고 하고, 좋은 대학에 들어가기 위해 좋은 고등학교를 간다. 좋은 고등학교를 가기 위해 좋은 중학교, 좋은 초등학교 하는 식으로 어렸을 때부터 많은 것을 외우고 학원을 다니는 데 여념이 없다. 그렇기 때문에 아이들은 마음껏 자신답게 성장하지 못한다.

하지만 시험은 옛날에도 있었다. 나도 중학교와 고등학교, 대학교는 물론이고, 취업까지도 그때그때 시험 준비를 해야 했고, 그 때문에 고생도 했다.

'그때 정도면 괜찮은 거죠.'라고 말하는 사람도 있을지 모른다. '요즘 같았으면 명문대학에는 들어가기 어려웠을 거예요.'라고 말한 사람도 있다. 요즘 명문대학에 들어가는 것은 확실히 쉽지 않고 내가 학교에 다니던 시대와 크게 달라졌다는 사실도 안다. 하지만 그것은 모든 사람들이 대학에 들어가게 된 탓도 있다.

예전에는 대학에 들어가는 사람은 극히 일부였다. 내가 대학에 다니던 시대만 해도 입시생이 늘었다는 말은 있었지만, 지금처럼 많지 않았다. 사람이 늘면 경쟁이 과열되는 것은 당연한 일이니까 지금 이 시대가 특별하다고 생각하지 않는 것이 좋다.

우선 입시제도의 문제점을 이해하고 부모와 자녀에게 주어진 시간을 가능하면 소중하게 보낼 것을 나는 권한다. 그 시간에 적어도 충분히 대화할 수 있길 바란다.

하지만 지금은 그렇게 하기 어렵다. 학교에서 돌아오면 학원, 학원에서 돌아오면 공부방으로 가는 형편이니, 얼굴을 마주하는 시간이라고는 짧은 식사시간뿐인데 식사하는 공간에 방해물이 버티고 있다. 바로 텔레비전이다.

최근 텔레비전은 완전히 가족의 일원이다. 식사 때도 텔레비전이 켜진 채이고, 가족들의 시선도 그쪽으로 향해 있다. 식사하는 풍경은 정말로 썰렁하다. 함께 식사하면서도 서로의 얼굴을 보는 사람은 아무도 없고 모두 텔레비전 쪽을 바라보면서 묵묵히 식사할 따름이다.

얼굴을 마주할 시간이 식사하는 시간뿐이라면 최소한 그 시간을 아껴서 쓰는 것은 어떨까. 어떤 것이든 서로 대화를 나눌 수 있는 시간을 만들었으면 싶다.

그러기 위해서는 무엇보다도 텔레비전을 켜지 말아야 한다. 꼭 보아야 하는 프로그램이 있다면 식사시간을 30분 뒤로 연기하면 될 것이다. 그렇게라도 하지 않으면 머지않아 가정에서 대화하는 모습은 찾아보기 어렵게 될 것이다.

자녀와 대화를 할 때는 가능하다면 숙제나 공부에 관한 것은 피하는 것이 좋다. 다른 즐거운 화제를 찾을 수 있도록 부모가 잘 들어주는 일이 무엇보다 중요하다. 부모의 입장에서는 학교에서 무슨 일이 있었는지 묻고 싶을지도 모르겠다. 묻는 방법에 따라서 아이는 말을 할 수도 있고 하지 않을 수도 있다.

"오늘 학교에서 뭐 배웠어?" 라고 물으면 아이는 대답하기 어렵다. "음, 오늘은 수요일이니까 국어랑 사회랑…." 결국 시간표 이외에는 말하지 못한다. 대답할 방법이 없는 것이다.

같은 것을 묻더라도,

"학교에서 뭐 재미있는 일 없었어?"

"오늘은 누구랑 집에 왔어?"

라고 보다 구체적으로 물으면 대답하기가 훨씬 쉽다. 이야기가 좀 더 발전되면 그날 있었던 일을 들려줄지도 모른다.

아이들이 말을 하지 않는다고 한숨짓는 어머니가 많지만, 그것은 어머니가 자녀의 이야기를 잘 들어주지 못하는 것이 원인이라고 나는 생각한다. 아이들과 대화할 때 중요한 것은 다음의 세 가지이다.

① 상대방이 말하기 쉬운 질문을 던진다.

② 상대방의 상태를 잘 보고 적절한 말을 선택한다.

③ 상대방의 이야기에 맞추어 맞장구를 친다.

이 세 가지가 필요한 조건인데, 그렇지 못하기 때문에 말하지 않는 것이다.

①에 대해서는 이미 앞에서 설명했다. ②에 대해서 말하면 지금 아이가 어떤 상태인지 항상 상상하는 것이 중요하다.

학교에서 돌아온 아이는 어떤 상태일까. 아이는 집에 돌아왔다는 안도감으로 "간식 있어?"라고 말하려던 참이다. 그런데 아이의 얼굴을 보자마자, 대뜸 "숙제는?" "숙제 있어?"라고 말하는 어머니가 대부분이라고 한다. 그러면 아이는 '또 시작이야.'라는 생각을 하게 되고 공부할 의욕을 잃고 만다.

어머니가 귀가한 자녀에게 숙제를 화제로 꺼내는 것은 자녀를 위해서가 아니라 바로 자신을 위해서다. 그 말을 한 뒤에 어머니는 '내가 할 일은 끝났어.'라고 생각하면서 안심한다. 조금도 아이를 위한 것이 아니다. 그런 이야기는 간식을 다 먹은 뒤에 혹은 조금이라도 다른 이야기를 나눈 뒤에 말해도 늦지 않다.

마지막으로 제대로 맞장구를 치려면 상대방의 이야기를 열심히 들어주어야 한다. 최근에는 자신이 하고 싶은 말만 하고 다른 사람의 이야기를 듣지 않는 사람이 많이 늘었다. 슬픈 일이 아닐 수 없다.

말을 정말로 잘 하는 사람은 상대방의 이야기를 제대로 들어주는 사람이다. '말을 잘하는 사람은 이야기도 잘 들어준다'는 말이 있는 것도 그런 사실을 뒷받침한다.

특히 아이들의 이야기는 한 마디 한 마디 진지하게 듣자. 아이들은 누군가가 들어준다는 만족감으로 이야기를 한다.

대화는 가장 가까운 표현수단이다. 인간관계에 필요한 대화 시간을 많이 갖길 바란다. 대화는 부모와 자식 관계에서 특히 중요하다. 서른 살이 넘은 어머니라면 특히 자녀의 이야기를 잘 들어주는 마음의 여유를 가졌으면 한다. 잘 들어주는 일은 어느 날 갑자기 되는 일이 아니다. 평소에 이웃의 부인이나 친구, 남편의 이야기에도 귀 기울이자.

10

30대부터 준비하자

자녀교육의 포인트는 자녀 떠나기

30대는 자녀를 떠날 준비를 시작하는 시기이기도 하다. 자녀에게 시간을 빼앗기고 자녀에게 얽매여 있는 동안 자녀는 부쩍부쩍 성장해간다.

아이들은 자신의 친구를 사귀고 자신만의 흥미나 취미에 몰입해간다. 게다가 요즘 아이들은 아무런 두려움 없이 행동하기 때문에 눈에 띄게 바깥세상을 향해 나간다. 여름방학이나 겨울방학에도 자신들의 계획으로 바쁘기 때문에 함께 무엇인가를 하려고 기대했던 부모들 쪽이 따돌림당한 기분이 된다. 내 친구 중에도,

"이번 일요일에 가족이 다 함께 어디라도 가볼까 하고 호텔을 예약했는데, '나는 친구들과 약속이 있어요!'하며 나갔지 뭐야." 라고 투덜거린 이가 있다. 아이라고 생각하는 동안 상대방은 성장해서 자신의 생활을 갖기 시작한다.

그때 가서 이런 게 아니었다고 당황하지 않도록 지금부터 준비할 필요가 있다. 적어도 마음의 준비만이라도 해두는 것이 좋다.

요즘 아이들을 가리켜서 부모 곁을 떠나지 못하는 아이들, 혹은 과보호 속에서 자란 아이들이라고 말하기도 하지만, 그것은 반대로 부모가 아이들에게서 떠나지 못하기 때문이다. 사자는 새끼를 낳으면 계곡에 떨어뜨린다고 한다. 어른이 되면 스스로 알아서 살아가도록 하는 것이 부모의 마음이고 자연의 정해진 이치다.

고양이도 새끼가 태어난 지 얼마 안 된 상태에서는 정성 들여 혀로 핥아주고 자신은 굶더라도 새끼에게 줄 먹이를 찾아다니며 애지중지 키운다. 하지만 일정한 시기가 지나면 갑자기 새끼를 돌보지 않는다. 들 고양이 중에는 조금 떨어진 곳으로 여행을 떠나는 새끼 고양이도 있다. 그것이 자연이다. 언제까지고 자식에게 붙어 있어서는 자식에게 좋을 것이 없다.

엘리트 중에서도 마더 콤플렉스형은 출세하고 있는 동안에는 문제가 없지만, 조금이라도 그 길에서 벗어나거나 좌절하면 자살을 꿈꾸거나 노이로제에 걸려 재기하지 못하는 경우가 많다. 고부

간의 문제에서도 문제가 되는 것은 마더 콤플렉스형 남성이다. 그를 사이에 두고 벌어지는 시어머니와 며느리의 싸움만큼 힘든 것은 또 없다.

평생 부모 곁을 떠나지 못하는 자녀로 만들지 않으려면 일정한 시기가 되었을 때 품에서 놓아주는 것도 중요하다.

일본은 가족주의의 전통을 중요시하는 나라이기 때문에 부모와 자식의 관계가 부부 사이보다도 강하다. 혈연관계를 중요하게 여기기 때문에 부부라는 타인과의 횡적관계보다 부모와 자식간의 종적인 관계가 더 크게 작용한다.

부부의 호칭도 가장 일반적인 것이 상대방의 이름을 부르는 것이 아니라 '아빠' '엄마'로 부르는 것이다. 자녀들이 부모를 부르는 호칭이 그대로 부부의 대화에 등장한다.

'아빠' '엄마'라고 서로를 부르는 부부는 실로 많다. 이 같은 현상은 일본의 가족관계에서 종적인 관계가 중요하고 횡적인 관계는 그다지 중요하지 않다는 것을 단적으로 보여주는 것은 아닐까.

하지만 지금처럼 핵가족화가 심화되고 자녀들이 성장했을 때 중요한 것은 횡적관계, 즉 남편과 아내의 관계다. 단순히 '아빠'와 '엄마'라는 역할만 남은 상태에서 갑자기 두 사람만 남게 되면 두 사람은 서로의 관계를 어떻게 만들어가야 좋을지 모르고 우왕좌왕하게 된다. 그 시기가 언젠가는 온다. 아니 바로 눈앞에 와 있다. 그 날을 위해 자녀를 떠나보내는 준비를 해두지 않으면 안 된다.

어느 평론가는 자녀들이 무릎에 올라앉는 시기를 지나 성장을 하니 '무릎이 허전하다'고 말한 적이 있다. 어려서는 부모를 찾고 귀여움을 떨던 아이가 말을 함부로 하고 부모에게 반항하면서 차츰 자신만의 세계를 만들어간다. 그럴 때 부모들은 누구나 한번쯤 홀로 남겨진 듯한 느낌이 될 것이다. 그럴 때 어떻게 살아야 하는가. 나름대로 생각을 갖고 사는 삶이나 일, 남편과의 관계가 그 문제를 푸는 열쇠다.

자녀가 자신의 품에서 떠난 것을 알고 허겁지겁 자신의 삶을 찾으려고 해서는 늦는다. 좀더 일찍부터 아이가 유아기를 지날 즈음, 아니 젖먹이 이전, 아니 태어나기 전부터 나름대로 각오를 해두는 것이 좋다. 그래도 그때가 되면 허전해서 어쩔 수가 없지만 말이다.

애초부터 자녀에게 기대를 걸지 말자. 물론 그 아이의 재능을 키워주거나 재능을 발견하기 위한 환경을 만들어주는 일은 중요하다. 하지만 자녀의 의사는 아랑곳하지 않고 부모의 생각대로 하려고 들거나 부모가 되고 싶었던 것을 자녀에게 강요해서는 안 된다. 그것이 자녀에게는 가장 큰 부담이 된다.

자녀에 대한 기대가 크면 자신이 자녀에게 '이만큼 해주었는데'

하는 생각이 들어 그 보답을 바라게 된다. '내가 이만큼 돈을 들였으니까 노후는 책임져주었으면 좋겠다.' '내가 이렇게 고생해서 대학에 보내주었으니까 함께 살면서 돌봐주어야 한다.' '내가 원하는 사람과 결혼해주었으면 좋겠다.' 등등 자녀를 위한 것은 하나도 없다.

자녀에게는 기대를 하지 말아야 한다. 자녀도 어른으로 성장하면 다른 인격체다. 기왕 기대를 걸려고 한다면 다른 사람이 아니라 자기 자신에게 기대를 걸어보는 것은 어떨까 싶다.

chapter 3

남편과의 관계가 더욱 깊어지는 방법

◆ 30대부터 시작하는 인간관계 1

남편을 떠나자

남편과 거리를 두면 매너리즘에 빠지지 않는다

남편이야말로 완전한 타인이다. 나는 언제나 그렇게 생각한다. 생각해보면 부부는 서로가 전혀 다른 환경에서 자랐고, 만나기 전까지 몰랐던 사람이다. 그런 사람들이 함께 사는 것을 당연한 일처럼 생각하는 것은 이상하다.

잠자는 남편의 얼굴을 보면서 한번쯤은 어떻게 해서 나는 이 사람과 함께 사는 것일까, 하고 생각해본 일이 있을 것이다.

물론 인연이 있어서 함께 사는 것은 틀림없는 일이다. 그렇기 때문에 더욱 그 인연을 소중하게 지켜가지 않으면 안 된다. 그렇다고 해도 남편이 나와 다른 사람이라는 사실은 변하지 않는다. 운명으로 맺어진다는 것은 멋진 일이지만, 함께 산다고 해서 두 사람이 완전히 똑같은 사람이라고 착각해서는 안 된다.

부부는 일심동체라는 말도 있지만, 왠지 남성 쪽에서 여성 쪽을 향해서 했던 말이 아닐까, 하는 생각이 든다. 남성 중심의 사회를 유지하고 여성을 언제나 남편 곁에 묶어두기 위해서 '부부는 일심동체다'라는 주문이 필요했던 것은 아닐까.

여자도 그렇게 생각하면서 많은 어려움을 이겨냈고 남편과 함께 살아가야 한다고 자기 자신에게 말해왔다.

하지만 그 주문도 이제는 완전히 효력을 잃었다. 남편과 아내는 서로 다른 사람이고, 각자가 다른 삶을 살아도 크게 문제되지 않는다. 그런 욕구는 특히 여성 쪽에서 더 강하다. 요즘은 남편을 따르기만 하는 삶이 아닌 자신의 인생을 제안하면서 각자가 자신의 길을 찾으려고 하고 있다.

20대에는 젊은 마음에 기분에 따라 함께 살기도 하지만 마침내 안정을 찾고 자신의 마음에 귀 기울일 여유가 생길 즈음이면 의문이 생긴다. 내 인생이 이대로 끝나도 괜찮은 걸까 하고. 그것이 30대 여성이다.

부부는 일심동체다, 라고 생각하는 것부터 잘못된 것이다. 부부는 완전한 타인이다, 라는 생각에서 출발하면 지금까지 신경이 쓰였거나 용서할 수 없다고 생각했던 일을 관용을 갖고 받아들일 수 있다.

"자신과 남편은 다르다" 라고 생각하면 남편이 빨리 출세해서 자신이 과장 부인, 혹은 부장 부인으로 불려지길 바라던 기대를 버리게 된다. 남편은 남편일 뿐이다. 남편이 자신의 재능을 살려서 직장에서 맡은 일을 잘 해내면 좋겠다고 생각하는 것은 좋지만 그것 이상으로 기대해서는 안 된다. 기대를 하면 그렇게 되지 않았을 때 실망이 커지고 불평도 늘어난다.

만약 자신의 기대에 못 미치면 '내가 이렇게 내조를 했는데.' '그렇게 일한 보람도 없이.'라고 말하면서 그것을 남편의 탓으로 돌려 불평한다. 나아가서는 자녀에게까지 "그러니까 너희 아빠는 안 되는 거야." "넌 아빠를 닮으면 안 돼."라고 말한다. 이 정도가 되면 어떻게도 손쓸 수 없는 상태이다. 자녀에게 자신의 남편을 욕한다면 그것은 이미 최악의 사태에 이른 것이다.

자신의 일은 뒷전으로 하고 다른 사람의 허물을 말하는 여성을 보면 비위가 뒤틀린다. 그런 사람일수록 자신에 대해서는 둔감해서 미처 깨닫지 못하기 때문이다.

나는 부부 사이는 어느 정도 거리를 두는 것이 좋다고 생각한다. 서로를 마음 깊이 신뢰하고 있다면 다른 부분까지 낱낱이 알 필요는 없는 것이 아닐까.

어떤 남편은 집에 돌아가면 그날 있었던 일을 전부 부인에게 이야기한다고 한다. 그것은 그 자체로 좋다. 본인이 그렇게 하고 싶다면 말이다. 하지만 남편들 중에는 직장의 이야기를 하거나 상대방이 캐묻는 것을 싫어하는 사람도 많다. 직장에서 있었던 불쾌한 일이나 초조함을 가정으로 가져가지 않고 잊어버리기 위해 귀가 길에 술을 마시는 사람도 많다. 그것은 남편의 모습을 보면 충분히 헤아릴 수 있다. 이야기하고 싶어 하지 않는 일을 집요하게 캐묻거나 '어떻게 해서든지 부부간에 대화를 해야 한다'고 생각할 필요는 없다.

　우리 집은 나도 남편도 일을 하고 있기 때문에 서로의 일이나 두 사람의 생활과 무관한 일에 대해서는 간섭하지 않도록 거리를 두고 대하려고 노력하고 있다. 나는 남편이 하는 일이나 직위가 무엇인지 자세히 알지 못한다. 하물며 남편은 내가 프리랜서로 일을 하기 때문에 내가 어떤 일을 하는지 내가 말하지 않는 이상 알 수 없을 것이다.

　수입만 해도 그렇다. 가계에 필요한 부분은 두 사람이 절반씩 부담하고 있어서, 짐작은 하고 있지만 남편의 정확한 수입이 얼마인지 나는 모른다. 우리가 그렇게 하는 것은 우리 부부에게는 그것이 편하기 때문이다. 우리 두 사람 모두 다른 누군가가 자신의 범위 안에 들어오는 것을 싫어하기 때문에 서로의 입장을 존중해주면서 같은 집에서 살고 있는 것이다. 이것도 나름대로 재미가 있다.

그런 삶을 좋게 보지 않는 사람도 있을지 모르지만 본인들이 좋아하는 것을 선택하는 것이 최선이다. 부부는 항상 얼굴을 마주하고 살기 때문에 서로에 대해 매너리즘에 빠질 수도 있다. 그래서 어느 정도는 모르는 부분, 거리를 둔 부분이 있는 것도 좋다.

어떤 부분이든지 좋지만, 예를 들어 남편은 자신만의 다른 세계를 갖고 있고 아내에게는 그것이 없는 경우, 아내의 불만은 극에 달한다. 그렇기 때문에 여자는 남편에게만 기댈 것이 아니라 자신도 자신만의 세계를 만들지 않으면 안 된다.

일이라고 하면 범위가 무척 넓지만, 일 가운데서도 책임감을 다하는 일을 하고 있으면 불만과 불평의 구렁에서 빠져나올 수 있다. 남편에게 기대하는 만큼 자기 자신에게 기대를 가져야 한다.

12

30대부터 해두면 좋은 일

잘 하는 집안일이 있는 남편은 장수한다!?

남편에게 집안일의 일부분을 맡기는 것은 가정의 일원임을 자각할 수 있다는 장점도 있고 필요한 일이다. 물론 전업주부의 경우에는 집안일이 곧 자신의 일이기 때문에 자신이 편하기 위해서 무슨 일이든 남편에게 부탁하는 것은 좋지 않다. 주부가 책임감을 갖고 솔선해서 집안일을 하는 것은 필요한데, 그 가운데서 한 가지를 남편에게 맡기는 것은 남편을 위해서도 좋은 일이다. 남편이 밖에서 일만 하면 되는 시대는 이제 끝났다.

휴일도 늘었고 사무기기의 발달로 앞으로는 집에서 회의에 참가하거나 자택근무를 하는 경우도 늘어날 것이라고 한다. 게다가 고령화 사회다. 30대는 아직 젊은 시기여서 나이를 먹은 다음의 일까지 생각이 미치지 않을지도 모르지만, 노후도 30대부터 생각해두어야 한다.

자택에서 지내는 시간이 늘어난다는 것은 곧 내키지 않더라도 집안일을 할 기회가 많아지는 것을 의미한다. 집안일이라고 해도 청소나 세탁, 요리만 있는 것은 아니다. 집안일은 의식주, 나아가 교육과 경제에 이르는 모든 분야를 포함하고 있기 때문에 남성으로서도 그 중에 한두 가지 흥미를 가질만한 것이 있을 것이다. 무엇이든지 좋다. 그 사람이 자신 있게 할 수 있는 일부터 시작하면 된다.

예를 들어 남편이 정원수나 화초 돌보기를 좋아한다면 정원 가꾸기를 전적으로 맡기고, 공구 다루는 것을 좋아한다면 다양한 공구를 마련해서 집안의 이곳저곳을 수리할 수 있는 일을 맡기면 된다. 어떤 일이든 좋다. 남성에게도 집에 있는 즐거움을 발견하는 일은 의미가 있다.

남성이 집에서 할 수 있는 일을 만드는 것은 일과 밖에서 술 마시는 것 이외에 다른 소일거리가 없는 남편을 가정으로 불러들이는 비결이기도 하다.

집이라고 해도 자신의 방도 없고, 있을 자리도 없고, 할 일도 없다. 게다가 어쩌다 일찍 귀가해도 방해꾼 취급을 받는다면 남편들은 직장으로 돌아갈 수밖에 없다.

한 전자회사의 조합에서 강연을 했을 때였다. 조합 사람에게 "직원의 대부분이 휴가를 내지 않아서 문제다."라는 말을 듣고 그 이유를 물었더니, "집에 있어도 딱히 할 일이 없고 뒹굴뒹굴하며 텔레비전을 보고 있으면 아내에게 잔소리를 듣거나 드라이브를 가자고 졸라대니, 오히려 출근하는 것이 더 편하다."라는 얘기였다.

집안에 남성이 있을 자리를 만들고 홍미를 가질만한 일을 찾는 것은 앞으로 반드시 필요한 일이다.

고령화 사회에서 5, 60대는 원숙한 시기, 혹은 결실을 맺는 시기라고 말한다. 그런 시기가 당신의 가정에도 이제 곧 찾아온다. 그런 시기에 집에서도 할 일이 있는 남성은 건강하게 살 수 있지만 회사일이 전부다, 라고 생각하는 사람은 퇴직과 함께 늙어버린다.

여자 쪽이 장수하는 비결은 여자들이 집안일을 하는 데 있다고 나는 생각한다. 여자는 나이가 들어서도 부지런히 해야 할 집안일이 있다. 그렇기 때문에 몸을 움직일 수밖에 없고 건강을 유지할 수 있는 것이다.

한편, 남자 쪽을 보면 정년퇴직한 뒤에는 할 일이 없고 소일거리도 없이 집에서만 지낸다. 그렇게 생활하면 갑자기 늙는 것은 당연하다. 몸을 움직이지 않기 때문에 몸이 쇠약해지는 것이다. 부부 중에서 아내가 먼저 세상을 뜨면 남편은 2년 정도밖에 살지 못하지만, 남편이 먼저 세상을 뜬 경우 아내는 20년을 더 산다고 한다.

아내가 먼저 세상을 떠난 뒤에 아무것도 하지 못하는 남자처럼 불쌍한 사람은 없다. 아내가 남편을 먼저 떠나보내고 20년을 더 산다는 것은 여자는 남편이 세상을 뜨면 해방감에 더욱 활기차게 살기 시작한다는 말이다. 내 주변에도 남편이 세상을 뜬 후에 더욱 젊어지고 씩씩하게 살아가는 여성이 많다.

남편이 장수하기를 원한다면 지금부터라도 조금씩 뭔가 한 가지씩 집안일을 맡기자. 빨리 세상을 뜨길 원한다면 아무것도 시키지 않으면 된다. 마흔이나 쉰 살이 되어 갑자기 집안일을 하라고 하면 남편은 당황할 것이다. 나이를 먹을수록 적응능력이 점차 떨어지고 완고해진다. 그렇지 않을 때 습관을 들이는 것이 좋다. 적어도 30대에 무엇인가 좋아하는 것을 찾아서 스스로 할 수 있도록 해야 한다.

가장 좋은 것은 결혼했을 때부터 습관을 들이는 것이다. 쇠는 뜨거울 때 때리라는 말이 있다. 아직 서로에게 애틋한 사랑의 감정이 있을 때라면 당신이 말하는 것은 기꺼이 들어줄 것이다. 그것은 30대부터라도 결코 늦지 않다.

우리 집은 남편이 요리솜씨가 좋고 요리하는 것을 좋아해서 휴일에는 함께 장을 보고 함께 음식을 만든다. 그것이 사회생활의 긴장을 풀어주는지 남편은 상당히 즐거워한다. 나도 남편이 가진 그 재능의 싹을 결코 꺾지 않는다.

다만 30대부터 시작하는 경우에는 부인 쪽이 남편을 잘 다독거려서 기분 좋게 참가할 수 있는 분위기를 만들어갈 필요가 있다. 모처럼 요리를 만들려고 하는데, "당신이 장을 보러 가면 돈을 너무 많이 써요." "됐어요, 내가 하는 편이 나아요." 라고 말해선 안 된다. 한동안은 돈이나 시간, 실수에 대해서 느긋한 마음으로 바라보고 "당신이 해주니까 더 맛있어요."라는 말로 기분을 맞춰주거나 칭찬을 해서 '이게 생각했던 것보다 재미있는 걸.'하고 생각하도록 만들 필요가 있다. 그러기 위해서는 여자들의 지혜가 필요하다.

13

상대방을 '배려하는 마음'을 잊지 말자

남편의 입장에서 생각하기

요즘 사람들에게 가장 부족한 것이 무엇일까. 그것은 다름 아닌 '타인에 대한 배려'다. 배려, 도대체 어떻게 해야 하는 것일까.

배려는 상상력이다. 남을 배려하지 못하는 것은 상상력이 부족하기 때문이다. '다른 사람의 입장'이라는 말을 하기도 하지만 우리는 현실적으로는 그 사람이 될 수 없다. 제각기 환경이나 경험한 바가 다르기 때문에 다른 사람에 대해서는 알 수 없다. 내 대학친구 중에 이런 말을 한 사람이 있다.

"다리를 다친 후에 비로소 우리 사회가 몸이 불편한 사람들이 움직이기 얼마나 어려운 곳인지 알았어."

그 친구는 선천성 고관절탈구가 있다는 사실을 모르고 오랫동안 다리를 혹사해서 걷는 것조차 마음대로 하지 못하는 상태였다. 그런 다리로 지팡이에 의지해서 밖으로 나선 뒤에 이곳저곳에서 불편함을 깨닫게 된 것이다. 예를 들면 극장은 다리가 불편한 사람이 다니기에는 지나치게 계단이 많은데다 잡고 오르내릴만한 난간이 제대로 갖추어진 곳이 없고, 역에도 앉아서 쉴만한 의자가 없다. 그것은 다리가 불편한 쪽에서는 상당히 큰 불편이고 괴로움이 아닐 수 없다. 그 친구는 "다리가 불편한 사람은 외출하지 말라는 얘긴지 이해가 안 간다."라고 말하면서 분노를 터뜨렸다.

걷는데 아무런 불편이 없는 사람은 다리가 불편한 사람의 입장이 되지 않는 한, 그 불편을 실감하지 못한다. 하지만 그런 부족을 보충해주는 것이 바로 상상력이다. 이런 것은 다리가 불편한 사람에게는 틀림없이 불편할 거야, 라고 생각할 때 비로소 그 입장을 이해하게 된다. 상대방처럼은 될 수 없지만 상대방의 기분이나 상태를 상상할 수 있는 것, 그것이 배려다. 그리고 그것은 사회의 가장 기본이 되는 가정, 가장 가까운 사람과의 관계에서부터 시작되어야 한다.

우선 함께 사는 남편의 상태는 굳이 물어보지 않더라도 잘만 관찰하면 알 수 있다. 기분이 좋고 나쁜 그때그때의 상황에 따라서 이쪽의 상태도 달라진다. 그것이 배려다. 남편이 회사에서 돌아오기 바쁘게 기다렸다는 듯이 자신이 하고 싶은 말을 떠들어대는 아내가 있지만, 상대방은 그렇지 않아도 피곤한 몸으로 복잡한 전철에서 시달리고 녹초가 되어 돌아온 상태이다. 우선. 씻고 식사가 끝난 다음에 숨을 돌린 상태에서 말을 해도 될 일을 상대방이 피곤해 하든 말든 자신이 할 말만 하는 것은 현명한 행동이 아니다.

가까이 있으면 점차 마음의 긴장이 풀어지고 상상력도 떨어진다. 상대방에 대한 느낌이 무감각해지고 자신의 생각에 빠져서 상대방에게 주의를 기울이지 않게 된다. 이것이 가장 좋지 않다.

내가 남편과 함께 살면서 좋다고 생각했던 것은 나에게 타인을 배려하는 마음이 자연스럽게 키워졌던 점 때문이다. 나는 무남독녀처럼 자란 탓에 언제나 내 마음에 내키는 대로 행동했다. 그래서 남을 배려하는 것이 어떤 것인지도 몰랐다. 그러나 함께 살 상대, 그것도 타인과 함께 살게 되자, 싫으나 좋으나 상대방에 대해 신경 쓰지 않을 수 없었다.

잘 살펴보면 상대방에게 오늘 하루 나쁜 일이 있었는지 즐거운 일이 있었는지 알 수 있다. 상대방이 안 좋은 생각을 하지 않도록 하는 것이 최소한의 예의라고 생각하면 자연스럽게 상상력을 발휘하게 된다. 나는 그런 것 이외에는 내 생각대로 하는 편이지만,

상대방이 나 때문에 불쾌한 생각을 갖게 되는 일만큼은 하지 않으려고 나름대로 노력했다. 그것이 바로 배려하는 마음에서 나온다. 그렇게 생각하면 다른 사람과 함께 산다는 것이 정말 다행이다 싶다. 결혼이라는 형식에 얽매이지 않더라도 누구든 함께 살 사람이 있으면 된다. 타인과 함께 살면 서로가 얻는 것이 많다.

30대는 이 상상력의 나래를 활짝 펴는 시기이다. 우선 가까운 타인인 남편부터 시작해보자. 요즘은 자녀에게는 지나치다 싶게 배려하지만, 남편에 대해서는 전혀 신경 쓰지 않는 여성이 늘고 있다. 그렇다고 해서 눈치를 볼 것은 없지만, 상대방을 배려하는 것은 두 사람 사이의 윤활유가 된다. 서로에 대한 배려가 결여된 가정은 삐걱거린다. 부부관계에도 녹이 슨다. 녹슬지 않게 하기 위해서라도 부디 상상력을 발휘해보기 바란다.

함께 살면 상대방의 결점만 보기 쉽지만, 상대방의 좋은 점을 찾으면서 사는 것도 배려의 일부분이다. 남성은 여성이 갖지 못한 '좋은 점'이 몇 가지 있다. 예를 들면 마니아나 수집가는 여자보다 남자가 많다. 나비를 쫓아다니거나 오래된 만년필을 모으는 사람도 있고, 기차나 열차, 비행기를 좋아하는 사람들은 모형을 비롯해서 선로까지 방에 깔고 심지어 역이나 선로 근처로 이사를 가기도 한다.

그런 것을 보고 여자 쪽은 불평하지만 이것은 남자들에게는 꿈의 일부분이다. 어렸을 때의 꿈을 성장해서도 계속 이어가고 있다는 것은 멋진 일이다. 나는 남성들의 그런 면을 보면 기분이 좋아진다. "방도 좁은데."라고 불평을 하거나 "그렇게 쓸 돈이 있으면 생활비를 보태는 게 나아요."라고 말하기 전에 함께 즐겨보자. 흥미가 없더라도 그런 남성의 치기를 사랑해보자. 그러면 반드시 지금까지와 다른 남편의 인간적인 측면을 발견할 수 있을 것이다.

30대는 포용력을 갖고 상대방에 대한 상상력을 발휘할 수 있는 사람이 되기 위해 노력하는 시기이다. 남편에 대한 배려는 결국 타인에 대한 배려로 이어진다.

14

심신화합의 비결

남편과 아내이기보다 남자와 여자로

미국인과 결혼한 친구가 얼마 전에 귀국을 했다. 그때 친구는 읽어보라면서 책 한 권을 놓고 갔다.

그 책의 제목은 『How to make Love to the Same Person for the Rest of Your Life』. 직역하면 '앞으로 남은 당신의 인생에서 같은 사람을 다시 한번 사랑하기 위해서'이다.

같은 사람이란 배우자인 남편을 생각해도 좋고, 독신자라면 연인을 생각해도 좋고, 헤어진 남편을 생각해도 좋다. 요컨대 오랫동안 사귀었거나 함께 생활하면 상대방에 대한 설렘도 감동도 없

어진다. 특히 오랫동안 아버지와 어머니의 역할만 해온 부부 사이
에서는 남자와 여자의 부분이 사라진다. 섹스도 그렇고 정신적인
면에 있어서도 마찬가지라고 말할 수 있다.

그래선 안 된다, 라고 말하는 것이 이 책이다. 겉모양만 부부여
서는 안 된다. 자녀가 성장해서 품에서 떠났을 때 다시 남자와 여
자로 되돌아가서 신선한 관계를 유지할 수 있는가. 같은 사람을
두 번 사랑한다는 것도 그렇게 특이한 일은 아닐 것이다.

미국의 경우, 개인주의가 발달해서 남자와 여자 모두 독립된
듯 보이지만, 한편으로 전통적인 가정을 지키려는 주부가 많다는
사실은 잘 알려져 있지 않다. 공식적인 자리에도 부부가 함께 참
석하지 않으면 안 되고, 자택에서 파티를 여는 일도 많다. 아내의
입장에서 대외적으로 해야 할 일도 많다. 게다가 어떤 형태로든
봉사활동에 참가하기도 한다.

부부가 함께 참석하는 관습은 맞벌이를 하는 경우에 장해가 되
기도 한다. 부부 중 어느 한쪽과 관련된 파티에도 부부가 함께 참
석해야 하기 때문에 관계가 없는 쪽은 다른 일이 있어도 함께 가
야만 한다.

그런 파티가 있을 때마다 '나도 일이 있는데.'하는 생각이 앞선
다. 미국의 비즈니스는 경쟁이 치열해서 경쟁사회에서 한 번 벗어
나면 남성도 여성도 다시 일어서기 어렵다. 그렇기 때문에 부부가

반드시 함께 자리를 해야 한다는 것은 어려움이 아닐 수 없다. 내 경우를 생각해봐도 항상 부부가 함께 있어야 한다는 것은 숨이 막힌다.

여행을 가도 두 사람이 언제나 함께 다니고, 남자는 내키지 않더라도 여자의 짐까지 들어주지 않으면 안 된다. 그래서 휴가를 떠나서도 스트레스가 쌓이는 경우가 많다고 한다. 따라서 미국사람들은 한 번 더 두 사람의 관계를 돌아볼 필요가 있는 것이다. 이혼이 늘고 남자와 여자 사이의 벽이 점차 붕괴되고 있다. 정신과 의사의 도움을 필요로 하는 사람도 급격히 증가하고 있다.

우리도 결코 예외가 아니다. 최근 남녀관계는 급격히 변화하고 있고, 남편과 아내의 사이도 냉각되어가고 있다.

이혼도 늘었고 형태가 어떻든지 간에 많은 여성들이 밖에서 일을 한다. 따라서 다른 남성을 만나는 기회도 늘었다. 자녀가 있는 동안에는 그래도 조용하지만, 자녀가 성장해서 품에서 떠날 즈음이 되면 정신도 육체도 남편으로부터 떠났다는 것을 깨닫고 이혼하는 경우가 많다. 나이가 들어 뒤늦게 이혼하길 바라는 사람은 없겠지만, 중년 이후의 이혼이 늘고 있다. 특히 여성 쪽에서 남성에게 이혼을 신청하는 경우가 많다.

이혼까지 가지 않더라도 이미 몇 년째 잠자리를 같이 하지 않고 마음도 통하지 않는 부부는 얼마나 많은지 모른다. 가정 내 이혼이라는 문제를 안고 고민하는 여성, 술에서 헤어나지 못하는 여성, 모두 정신적으로도 불안정하고 남편에 대한 믿음도 결여되어 있다. 그런가 하면 남편도 한편으로 아내와의 사이에 거리감을 느끼고 회사의 젊은 여자들과 바람을 피운다.

텔레비전의 드라마를 보아도 겉에서 보기에는 무엇 하나 부족함이 없는 가정이지만 부부 사이의 거리감이 부각되고 암묵적인 이해 속에서 자연스럽게 불륜이 진행된다.

섹스가 일종의 유희로 자리잡아가면서 그런 상황을 통해서 간신히 부부 사이의 긴장을 유지해간다. 마치 정상적인 상태에서는 부부 사이에 남자와 여자의 감정을 다시 찾을 수 없기라도 한 듯.

풍요롭고 부족함이 없는 요즘 시대에는 모두 안전한 삶에 권태를 느끼고 스릴을 찾는다. 연애도 그 한 가지가 되었다. 이른바 '불륜'이 그렇다.

따라서 만약 한 쌍의 남녀가 함께 산다고 할 때, 오랜 여생을 함께 살면서 각자가 어떻게 변화해가는 것이 좋은가를 생각하는 것은 중대한 문제다. 나를 포함해서 많은 여성들이 안고 있는 이 문제에서 눈을 떼어선 안 된다.

당신의 집에서는 남자와 여자로 마주하는 자리가 있는가. 우리 집은 아이가 없기 때문에 싫어도 마주할 수밖에 없지만, 자녀가 있으면 자녀가 완충지대가 되기 때문에 마주하지 않고 지낼 수도 있다.

그런 완충지대로 서로를 속이고 있지 않은가. 서서히 마음이 멀어지고 몸도 서로를 찾지 않는 상태에서 섹스에 대한 관심도 떨어지고 단지 횟수만 가지고 다른 사람들과 비슷하다고 안심한다.

30대는 다시 한 번, 남편과 아내가 남성과 여성으로서의 부분을 되찾는 계기를 만드는 시기이다. 그 기회를 놓치면 사태는 되돌릴 수 없다.

15

공동생활자로서의 지혜

좀더 자유로워지고 싶을 때 남편과 잘 지내는 법

당신은 남편에게 매여 있다고 생각하는가. 좀더 자유로워지고 싶다, 내 마음대로 행동하고 싶다고 생각하지는 않는가.

요즘 30대 가운데는 자기 일을 하면서 결혼하지 않고 독신생활을 즐기는 것처럼 보이는 사람이 많다. 나도 그렇게 자유롭게 살고 싶다, 마음껏 나래를 펴고 살고 싶다는 바람이 어딘가에 감추어져 있지는 않은가. 자유로워지고 싶다면 혼자 지내는 것이 가장 좋은 것은 틀림없다. 그런 삶을 그린 것이 이집트 희극 중에 하나인 '인형의 집'이다.

하지만 그렇게 살려는 생각만 있다면 둘이 살더라도 전혀 문제 되지 않는다. 오히려 혼자 살 때보다 두 사람이 동거하게 된 이후에 비로소 자신의 삶이 얼마나 자유로운지 깨닫게 된다.

혼자 살면 자유는 당연한 것이다. 먹고 살아야 하기 때문에 어떻게 해서든 일을 하게 되고 자립할 수밖에 없다. 그렇기 때문에 혼자 산다면 자립은 당연한 일이다. 오히려 함께 살 사람이 생겼을 때 자신의 삶을 포기하지 않고 자유와 자립을 확보하는 것이 더 중요하다. 둘이 함께 살아도 자유로운 정신과 함께 자신의 삶을 유지해갈 수 있는가. 요컨대 자유와 자립은 두 사람이 함께 살 때 비로소 확인할 수 있는 것이다.

또한, 만약 자신이 자유롭게 살고 싶다면 상대방의 자유도 인정해주어야 한다. 예를 들면 어디에 갔는지, 누구와 갔는지, 몇 시에 돌아오는지, 귀가할 때 반드시 전화를 걸도록 요구하는 것도 이른바 상대방을 속박하는 것이다. 잔소리를 해서 남편의 행동을 감시한다면 남편 쪽에서 "내가 돌아오는 시간에는 반드시 집에 있어." "늦게 들어가도 자지 말고 기다려."라고 주문을 하더라도 감수해야 한다. 자신이 상대방을 속박한다면 상대방에게 자신이 속박당하는 것도 각오해야 하는 것이다.

많은 사람들이 여자가 남자를 속박하는 것보다 남자가 여자를 속박하는 쪽이 많은 것처럼 생각한다. 무슨 일이든 남편을 탓하면서 "남편이 이래라저래라 말이 많아서 아무것도 못해요."라고 말하는 사람이 있지만, 그렇게 말하는 사람의 이야기를 듣다 보면 은근히 속박당하는 것을 즐기는 구석이 있다.

정말로 속박당하고 싶지 않고 자유로워지고 싶다면 그만큼의 노력이 필요하다. 예를 들면 30대가 되어 밖에 나가 내 일을 하고 싶다, 문화센터에도 다니고 싶다…, "하지만 남편이 못하게 해서…"라고 말한다. 그것은 변명에 지나지 않는다. 정말 하고 싶다면 포기하지 말고 몇 번이고 열의를 가지고 부딪쳐 보아야 한다.

이도저도 아닌 불분명한 태도를 보이거나 단순히 유행을 쫓거나 친구의 흉내를 내기 위해 밖으로 나가고 싶다고 하는 것이라면 얼마 가지 못해서 그 속내가 드러나고 만다. 남자들은 오랜 세월 밖에서 일을 해보았기 때문에 일을 하는 것이 그렇게 쉽지 않다는 것을 충분히 알고 있다. 또한 직장에서 여자들이 일하는 모습을 보아왔기 때문에 적당히 해보려는 정도의 태도라면 반대하는 것은 당연하다. 정말로 하고 싶은 일이 있다면 우선 하고자 하는 열의를 보여주지 않으면 안 된다. 집에서 그 일을 하기 위한 공부를 하거나 교육을 받거나 해서 지속적으로 노력하는 모습을 보여준다면 남편도 반드시 양보할 것이다.

더욱이 일을 한 지 며칠 되지도 않아서 옷차림만 화려해지고, 감기에 걸렸다고 해서 쉬거나 재미없다고 해서 그만두는 형편이라면 "그런 일 그만 둬."라는 말이 나오기 십상이다.

자유를 얻기 위해서는 그만큼 어려움이 따른다. 책임과 의무도 따른다. 아무리 힘들어도 계속하겠다, 책임을 다해서 해보겠다, 라는 자세를 보여주면 사람의 마음은 움직인다. 설사 남편의 마음이 철과 같다고 해도 그 마음을 녹일 수 있을 것이다.

만약 당신이 자유나 자립을 원한다면 문제는 당신이 가장 가까운 타인을 설득할 수 있는가이다. 그 한 사람을 설득하지 못하고 어떻게 밖에 나가서 책임을 다해 일할 수 있겠는가. 어려움을 이겨낼 수 있겠는가.

당신의 남편이 만약 공동생활자로서의 당신을 인정하고 사랑한다면, 언젠가 반드시 당신의 진실이 남편의 마음을 변화시킬 것이다. 그래도 끝내 고집을 부리면서 반대한다면 그 때는 당신에 대한 애정이 없다고 보아도 좋을 것이다.

우리 부부가 사는 모습을 보고 주변 사람들은 "좋겠어요. 자유롭고 이상적이고."라고 말한다.

그러나 그것에는 그만큼의 어려움이 있다. 앞에서도 말했지만 우리는 서로의 행동을 구속하지 않는다. 함께 있으면 자기도 모르게 구속하고 싶어지고 상대방의 일에 간섭하고 싶어질 때도 많다. 하지만 꾹 참는다. 내가 자유로워지기 위해서는 결코 타인의 자유를 빼앗아선 안 되기 때문이다. 그것은 남편도 마찬가지다. 내 남편도 자신이 자유로워지기 위해서는 나를 속박하면 안 된다는 사실을 잘 알고 있다.

　우리 부부의 관계는 그런 균형 위에서 이루어지고 있다고 나는 생각한다. 상대방을 구속하는 것보다도 더 힘들고 괴로운 부분도 있지만 그 대신 기쁨도 크다.

chapter 4

부모와의 관계를 더욱 강화하는 방법

◆ 30대부터 시작하는 인간관계 2

16

지금 결정해두어야 할 일

부모의 노후는 누가 돌보아야 하는가?

세상은 점차 고령화되어 가고 있다. 노인이 그만큼 늘었다는
얘기다.

요즘은 30, 40대 직장인이 모이면 부모를 어떻게 할 것인가가
화두가 된다고 한다. 동거를 할 것인가, 분가를 할 것인가. 부모를
모시고는 싶지만 경제적인 여유가 없고, 어떻게 하는 것이 좋을
까. 그런 생각을 하고 있으면 머리가 지끈거린다.

30, 40대 직장인의 부모 세대는 대개 60대 정도일 것이다. 정
년퇴직한 뒤 집에서 지내는 경우도 있지만 재취직해서 일하는 경

우도 있다. 양부모가 아직은 몸이 건강한 상태라면 상관없지만 한 분만 계신 경우에는 어떻게 해야 하는가.

생각하면 머리가 아프겠지만 그것은 자녀 쪽에서 부모를 생각했을 때다. 부모는 부모대로 생각을 갖고 있다. 이제는 자식이 함께 살면서 보살펴주길 바라는 사람은 과거처럼 많지 않다. 자신의 몸은 스스로 챙겨야 한다고 생각하는 사람도 많은 것 같다.

하지만 이것도 개인마다 차이가 있고 사람마다 다르다. 자식과 함께 살고 싶다고 생각하는 사람이 있는가 하면, 혼자 사는 것이 편하다고 생각하는 사람도 있다. 또한 양로원에 스스로 찾아가기를 희망하는 사람이 있는 반면 도시적인 삶을 원하는 사람도 있다.

자식과 함께 사는 것만이 행복이 아니다. 나의 어머니는 여든한 살로 세상을 뜨셨지만 아무리 함께 살자고 해도 혼자 사는 것이 좋다고 말씀하시면서 씩씩하게 사셨다. 나의 외할머니도 눈이 많이 내리는 산골에서 예순 살부터 아흔을 넘기고 아흔 셋에 이 세상을 뜨기까지 넓은 시골집에서 혼자 사셨다.

할머니는 병에 걸린 적도 거의 없었는데, 다른 사람에게 폐를 끼치지 않으려고 스스로 건강과 정신을 다스렸고 일과 봉사로 보람을 찾으려고 하셨다. 할머니는 삼촌과 어머니가 몇 차례나 모시려고 했지만 끝내 시골에서 살겠다고 고집하셨다. 도시에서 사셨다면 그 정도로 장수하실 수 없었을 것이다.

사람이 사는데 있어서 마음의 긴장은 아주 중요하다. 나의 어머니도 혼자 사시면서도 하나의 가정을 이루었다는 마음가짐이 분명하게 자리하고 있었던 것 같다. 내 입장에서는 함께 사는 쪽이 편했지만, 어머니는 남편과 딸과 떨어져서 혼자 사는 것이 가장 자유롭다고 말씀하시곤 하셨다. 그 자유를 빼앗지 말아달라는 어머니의 말씀을 들은 후로는 기껏해야 경제적으로 작은 도움을 드리거나 매일 밤 전화 드리는 일 이외에는 아무것도 할 수 없었다.

나의 어머니는 땅이 딸린 집에 사는 것을 좋아하셨고 좀처럼 주변 환경을 바꾸려고 하지 않으셨다. 하지만 시부모님 쪽은 달랐다. 잦았던 전근 탓인지 아파트가 살기 편하다고 말씀하셨는데, 실제로도 잘 적응하셨다. 나이 든 사람도 정말이지 천차만별이다.

그렇기 때문에 한마디로 분가가 좋다거나 동거가 좋다거나 말하기 어렵다. 그 사람의 성격, 삶의 방식, 생각에 따라서 다르다. 오히려 평소에 어떻게 하고 싶은지를 물어보는 것이 가장 좋다. 그 경우도 억지를 부리는 것인지 본심인지 잘 판단해서 그 사람에게 맞는 삶을 생각하고 그 삶을 위해서 도와드리는 것이 자식이 해야 할 도리다.

자신이 할 수 있는 범위 내에서 부모를 돕는 것은 자식의 책임이다. 자식이 어렸을 때는 부모가 자식을 책임지지만, 부모가 나이 들었을 때는 어떤 형태로든 자식이 부모를 책임지는 것이 바람직하다. 아들과 딸의 집을 짐 취급 받으면서 이집 저집으로 옮겨 다니는 비극은 얼마든지 있다. 부모가 그런 생각을 하지 않도록 형제자매가 있다면 그런 부분에 대해서도 이야기를 해둘 필요가 있다.

요즘은 자식의 수가 적고 독자나 형제(자매)만 있는 경우가 많다. 우리 집도 오빠와 나 둘뿐이지만, 올케가 외동딸이어서 오빠 부부는 올케의 부모님과 함께 살고 있다. 그래서 어머니는 내가 돌봐드리고 싶었다. 오빠이기 때문에 혹은 여동생이기 때문에, 라고 말할 필요는 없다. 할 수 있는 쪽에서 하면 되는 것이다. 많은 사람들이 딸 내외와 함께 사는 쪽이 집안이 편안하다고 말하는데, 사실은 시부모님 근처에도 올케 내외가 살고 있다.

세상 사람들 보는 눈이 어떻다, 다른 집은 이렇다, 라고 생각하는 것은 본인을 불행하게 만든다. 각자에게 맞는 방법을 생각하는 것이 좋다.

다만 노인을 노인끼리 살게 하는 것은 좋지 않다고 나는 생각한다. 나도 혼자가 되면 양로원에 들어가려고 생각하고 있지만, 양로원은 하나 같이 사람들이 사는 마을에서 멀리 떨어진 외진 교외에 있어서 쓸쓸하게 보인다. 양로원도 사람들이 많이 사는 곳에 만들어져야 한다. 젊은 사람도 노인도 몸이 불편한 사람도 건강한 사람도 모두 섞여서 서로 도와주는 것이 바로 사회다. 그렇기 때문에 만약 자연스럽게 할 수만 있다면 아이들도 할머니도 할아버지도 함께 사는 것이 좋고, 또한 혼자 살더라도 다른 사회인과 함께 교류를 나눌 수 있는 것이 좋다. 노인만 격리하는 것은 바람직하지 않다. 그것이 본인의 희망이라면 상관없겠지만 말이다.

부모와 자식 사이의 거리를 '스프가 식지 않는 거리'로 표현하기도 한다. 걸어서 왕래할 수 있는 거리에 살면서 각자가 독립된 삶을 꾸려갈 수 있다면 좋지만 경제적으로도 쉽지 않은 일이다.

어쨌든 노인문제는 남편들보다도 아내, 즉 여성들의 문제다. 부모의 노후문제는 집에 있는 시간이 많은 여성에게 더 부담이 되기 때문에 30대부터 조금씩 생각을 정리하고 구체적으로 생각해둘 필요가 있다.

17

풍부한 지혜를 배우자

필요한 존재로 부모를 대한다

예전에는 유교가 생활의 구석구석까지 영향을 미치고 있었기 때문에 나이가 든 부모를 돌보는 것은 자식의 당연한 도리였다.

그러나 현대사회는, 유교를 기반으로 했던 과거의 가족주의적인 사고방식이 급속히 붕괴되고 개인주의로 변화되어 가고 있다. 그런 가운데 노인은 가족 속에서 제 자리를 잃어가고 사회 속에서도 존재 가치를 잃어가고 있다. 과거에는 가족에게 존경받고 사회적으로도 한 마을의 연장자로서 의견을 말할 수 있는 권한이 있었고 그 의견에 귀 기울였지만, 그런 의미들이 점차 희미해져가고 있는 것이다. 자신의 존재 가치를 발견하지 못하는 것이 지금 노인에게 있어서 가장 큰 비극이라고 나는 생각한다.

여성도 가정에서 자신의 지위를 잃어가고 있지만, 더 심각한 것은 노인문제다. 그렇기 때문에 노인의 존재 가치를 찾아주는 것이 자녀나 젊은 세대가 해야 할 도리다. 예를 들면 노인은 지역사회에 관한 많은 정보를 갖고 있다. 그 정보를 활용할 수 있도록 환경을 만들어주는 것이 좋다. 또한 지진이나 천재지변에 대한 경험이 풍부하기 때문에 그들의 지혜에 귀 기울이는 것도 필요하다.

나는 아자부에 살았을 때 집 근처 메밀국수 전문점의 주인에게 이런 이야기를 들은 적이 있다. 지진이 일어나면 이른바 피난구역으로 가기까지가 큰일인데, 그런 경우에 대비해서 사람들이 모여서 식량과 물을 공급받을 수 있는 광장을 만드는 일이 필요하다, 라는 얘기였다. 그의 의견은 관동대지진으로 피해를 입었던 사람들에게만 설득력이 있었다. 그 말이 나오고 얼마 뒤에 동네에 그것을 위한 시설이 마련되었다. 그런 것은 젊은 사람의 경험에서는 나올 수 없는 것이다. 노인 특히 가까이에 있는 부모에게 많은 지혜를 배우는 것은 어떨까 싶다. 또는 그것을 생각나는 대로 적어두는 것도 좋을 것이다.

젊은 사람들이 만약 노인의 이야기에 귀를 기울인다면 노인에게 많은 지혜와 지식을 배울 수 있다. 젊은 사람들이 노인의 지혜

4장 부모와의 관계를 더욱 강화하는 방법

를 배우게 되면 노인들도 자신이 가정과 사회에서 필요한 존재라는 기쁨을 느낄 수 있을 것이다.

또한 노인도 집안일을 도울 수 있다. 대개 나이가 들면 무엇을 하려고 해도 "아무것도 하지 말고 편하게 앉아 있으라."고 말하는데, 그것은 옳지 않다. 조금 시간이 걸리더라도 노인이 할 일을 정해두는 것이 좋다. 남편과 마찬가지로 무리하지 않을 정도로 집안일을 하는 것은 노인에게도 필요하다.

나의 할머니는 아흔네 살까지 건강하셨다. 성격이 강인해서 어머니는 며느리로서 고생을 하셨지만, 할머니는 집에서 조금 떨어진 곳에서 혼자 살면서 취미인 노래를 가르치셨고, 그 수입으로 혼자 힘으로 사셨다. 경제력이 있었던 것이다. 노인에게 있어서 역할이 없는 것만큼 슬픈 일은 없고, 하는 일이 없으면 치매에 걸리기도 쉽다.

언젠가 나는 지방의 한 기업으로부터 여직원들을 위해 강의를 해달라는 제안을 받았다. 나는 평소에 도쿄의 여성들이 어렵게 일을 찾아도 결혼과 출산으로 그만두는 현실이 안타깝다고 생각하고 있던 터라 그것에 관해 이야기하려고 마음먹고 있었다. 그때 차를 가져다 준 여직원이 이런 말을 했다.

"이곳은 결혼을 하더라도 일을 그만두는 사람은 별로 없어요. 출산을 해도 시어머니에게 아이를 맡기고 일을 계속하죠."

농촌지역인 까닭에 대가족 제도가 남아 있고 그것을 시대에 맞게 잘 활용하고 있는 것이다. 젊은 사람들이 일을 하는 동안 자녀들을 돌보는 것은 노인이다. 노인에게도 일자리가 있고, 한 집에 주부가 두 사람이 있을 필요가 없기 때문에 충돌도 적다.

나의 어머니의 고향 사람 중에도 노부부는 밭일을 하고 아들은 마을 사무소에서 일하고 며느리는 결혼 전부터 다니던 병원에서 계속 근무하고 있다. 할머니가 손자를 돌보는 일은 아주 자연스럽게 이루어지고 있다. 나이가 들어서도 존재 가치를 인정받고 있는 것이다. 농촌에는 그런 가정이 많다.

하지만 요즘은 사회에서 존재 가치를 찾지 못하는 노인이 많다. 그런 경우에 노인을 돕는 것이 젊은 사람이 해야 할 일이다. 몸이 건강하고 활동하는 것을 즐긴다면 봉사활동을 할 수 있도록 소개하는 것도 좋고, 좋아하는 일을 찾아서 그것에 열중하도록 하는 것도 좋다. 일을 할 수 있는 동기를 찾도록 도와야 한다.

무엇이든 좋다. 부모가 "나는 필요한 존재다."라는 만족감을 가질 수 있도록 노력하는 것이 중요하다.

18

노인이야말로 개성이 있다!?

좋은 교제의 기본은 좋은 이야기 상대가 되는 것

나이를 먹으면 완고해진다. 점차 융통성이 없어지고 젊은 사람과 충돌하는 일이 잦아진다. 하지만 바꾸어 생각하면 그것은 완고한 것이 아니라 개성이다. 4, 50대 정도만 되어도 아직은 주변의 시선을 의식하고 이것저것 해보고 싶은 일도 있지만, 좀더 나이를 먹으면 관심 갖는 폭이 점차 좁아져서 흥미를 가지는 것이 몇 가지로 정해진다. 좋고 싫은 것이 분명해지고 타인을 신경 쓰지 않고 말할 수 있게 된다. 개성이 분명해지는 것이다.

따라서 진짜 자신이 나오는 시기가 이때다. 다른 사람의 눈치를 보거나 다른 사람에게 맞추려고 하는 부분이 없는, 진짜 자신의 모습이기 때문에 자신다운 삶을 살 수 있다. 나이가 들었다고 해서 천편일률적으로 게이트볼이나 노인정에서 춤을 배우거나 공예품 만들기 등에 참가하도록 강요해서는 안 된다. 당신의 아버지, 어머니가 개성을 살릴 수 있도록 해드려야 한다.

그 사람이 정말로 흥미를 갖고 있는 것은 그 사람이 어렸을 때 특히 중학교나 고등학교 시절에 좋아했던 것이다. 감수성이 가장 예민한 시기에 좋아했던 것은 오랫동안 바쁜 일과에 쫓기면서 잊고 지내지만 그것만큼 그 사람이 흥미를 갖는 것은 없다.

나이를 먹으면 아이로 돌아간다고 말하는데, 나이를 먹으면 그때 느꼈던 흥미가 다시 한번 되살아난다. 당신의 친정아버지와 친정어머니, 시아버지와 시어머니는 옛날에 무엇을 가장 좋아하셨을까. 요즘 유행하는 것은 곧잘 잊어도 그 시절에 했던 것은 대부분 정확하게 기억한다.

나이를 먹으면 몇 차례고 같은 이야기를 되풀이한다. 그러나 그것을 잘 들어주는 일도 젊은 주부들이 해야 할 일이다. '전에 들은 이야기인데.' '몇 차례나 같은 말씀을 하시네.'라고 생각되는 이야기도 들어드리는 것이 좋다. 자녀들의 이야기에 귀 기울이는 것과 마찬가지로 노인의 이야기는 잘 들어드리는 것이 좋다.

나이를 먹는다는 것은 앞으로 남은 생이 적어진다는 것으로 적적함을 느끼는 시간이 부쩍 늘어난다. 어떤 이야기든 귀담아 들어드리는 것이 좋다. 그리고 따뜻하게 말을 건넸으면 한다. 젊었을 때는 신경에 쓰이지 않던 말이 나이가 들면 마음에 걸리기 시작한다. 젊은 사람이 조금이라도 강하게 자신의 생각을 말하면 자신은 더 이상 필요 없는 존재인가, 라고 오해하는 경우도 있다.

나의 어머니는 정신도 맑았고 나와 달리 사교적인 편이어서 내가 어떤 말을 해도 태연스럽게 받아 넘기시는 분이셨다. 하지만 만년에 가서는 조금 달랐다. "그런 식으로 말하지 마라." "서운한 말을 들으면 밤에 잠이 오지 않아." 라고 말씀하시곤 하셨다. 역시 마음 한 구석이 약해져 있었던 것이다.

특히 부모가 연로하게 되면 인사도 확실히 하는 것이 좋다. "잠은 푹 주무셨어요?" "다녀왔습니다." "고맙습니다." 등등 그때그때 표현을 하고 대화를 하도록 이끌어야 한다.

나이가 들면 손자들이 자신에게 인사하지 않는 것을 특히 마음에 둔다. 나의 할머니는 지나칠 정도로 엄격한 분이셨지만 찾아뵈면 늘 차와 과자를 내주시곤 하셨다. 하지만 할머니의 이야기는 끝도 없이 길어졌기 때문에 나는 가능하면 얼굴을 마주치지 않으려고 했다. 할머니가 얼마나 낙심하셨을까. 좀더 이야기를 들어드리고 말을 걸지 못했던 것이 지금은 후회로 남는다.

30대 주부는 자녀와 부모 사이를 연결하는 위치에 있다. 두 세대를 가깝게 이어주는 것이 주부의 역할이다. 동거하는 경우는 물론이고 분가해서 이따금 만나는 경우는 더욱 그렇다.

따뜻한 말을 원한다는 것은 그것이 어떤 것이든 나이가 들었다는 증거이다. 자식의 입장에서 부모가 젊었을 때와 다름없다고 생각하고 '부모와 자식 사이니까 이해하시겠지.' '부모 자식 간에 굳이 말로 할 것까지 없지 뭐.'라고 생각할지도 모르지만 그렇지 않다.

부모를 대하는 방법을 이제부터는 바꿀 필요가 있는 것이다. 가능하면 말을 많이 걸고, 세상일이든 날씨 이야기든 무엇이든 대화가 필요하다. 그것도 한 마디로 표현하면 '배려'이다. 자신은 아직 젊기 때문에 노인의 기분을 헤아리기 어렵다. 하지만 중요한 것은 나이 먹은 사람의 기분을 상상해보는 것이다. 상상력을 키우는 것은 자식들의 경우와 마찬가지로 상대방이 노인인 경우에도 중요하다.

30대 여성은 체력과 기력이 좋고, 안정과 여유를 찾는 시기이다. 다시 말하면 자신뿐 아니라 타인이 보이기 시작하는 시기이다. 가장 가까운 부모에 대한 배려가 자신이 노인이 되었을 때 큰 도움이 된다.

19

연장자를 세우는 일의 의미

부모의 가치관으로 세상을 보면 진짜를 알 수 있다

부모와 가치관이 다르면 때로는 그것이 말다툼의 원인이 된다. 특히 변화가 심한 나라일 경우에는 더욱 그렇다.

지금 30대인 남성과 여성의 아버지, 어머니는 적어도 생활이 어려운 시절에 교육을 받았거나 그 내용을 아는 사람들이다. 우리들과 가치관이 다른 것은 당연하다.

'절약'을 예로 들어 생각해보자. 예전에는 어떻게 해서든 물건을 아껴 썼다. 밥 한 톨도 농사를 지은 농민의 마음을 생각하면서 남기지 않고 모두 먹었다. 연필도 짧아서 더 이상 쓸 수 없을 때까지 깎아서 쓰고, 옷도 닳아 떨어질 때까지 입었다. 삶의 구석구석에서 '아껴 쓰는 것'이 기본이었다.

물자가 부족하던 시대를 산 나는 부모님을 통해서 아껴 쓰는 일을 배웠고 내 물건 이름을 적어야 했다.

종이도 귀했기 때문에 광고지의 뒷면도 썼고 신문지는 다양하게 활용했다. 그런 시대에 자란 부모들은 아껴 쓰는 것이 습관이 되어서 물건을 쉽게 버리지 못한다. 물론 물건을 아껴 쓰는 일은 필요하지만 우리가 필요 없다고 생각하는 것까지도 부모들은 남겨둔다. 쓸모없는 광고지를 모아 쌓아두거나 유통기한이 지난 말라비틀어진 과자를 장식장 안에 고이고이 숨겨두기도 한다. 나도 그런 것을 보면 매정하다 싶을 정도로 "이걸 어떻게 먹어요 버리세요."라고 말하거나 말없이 버린 적도 있다.

한편 요즘의 삶은 그 전과는 반대로 일회용 시대이다. 그것이 좋든 나쁘든 고도성장의 뒷거름이 되었다. 그렇기 때문에 가능하면 불필요한 물건은 쌓아두지 않는다. 버릴 수 있는 것은 버리고 또 산다. 하루하루의 생활이 그 반복으로 성립되고 있다. 상점에 가면 물건이 흘러넘치고 돈만 있으면 필요에 따라서 원하는 것을 살 수 있다.

그러나 부모가 살아온 시대에는 물건이 언제 떨어질지 알 수 없었다. 그렇기 때문에 평소에 아껴서 남겨 두었다. 나의 어머니도 먹지 않는 캔을 산처럼 쌓아두곤 했는데, "비상시에는 도움이 된다."고 말씀하시곤 하셨다. 하지만 그 만일을 위해서 불필요한 물건이 자리를 차지하도록 놓아둘 수 없었다. 결국 말다툼이 되었지만 어머니도 당신의 생각을 꺾지 않으셨다.

물건이 넘쳐나는 요즘도 일단 수입이 끊기면 그날부터 식품구입이 어려워질지도 모른다. 석유파동이 일어났을 때, 화장실 휴지가 떨어질 거라는 소문을 나돌자 모두가 사재기를 했던 일은 지금도 잊을 수가 없다.

그때 나의 어머니는 느긋하게 이렇게 말씀하셨다.

"화장실 휴지는 창고에 얼마든지 쌓여 있으니까 문제없다."

그 화장실 휴지가 떨어질 때까지 우리는 습기를 머금은 화장지를 써야 했다.

물건을 버리지 못하는 다른 이유는 그 물건에 애착을 느끼기 때문이다. 나이가 들면 자신의 물건에 애착을 갖기 시작한다. 허전함도 더해져서 자신의 주변을 채울 수 있는 물건으로 위로하려는 것이다. 나의 어머니도 나이가 든 후부터는 곧잘 너저분하게 물건을 놓아두셨다.

그런 것을 이해해드리는 것도 중요하다. 어찌 되었든 가치관은 다양하기 때문에 자신의 가치관을 다른 사람에게 강요해서는 안된다. 설사 부모라도 부모 나름의 삶을 눈감아 주거나 인정해줄 필요가 있다.

이제는 나도 그것을 이해할 수 있을 것 같다. 어머니가 '좋다'고 했던 것이 뜻밖에도 진짜가 많다는 것을 깨달았기 때문이다.

예를 들면 천 하나만 해도 그렇다. 요즘은 전통방식으로 쪽빛 물을 들인 천의 가치를 인정하지만 한때는 화학염료와 화학섬유 만능의 시대였다. 나도 젊었을 때는 어머니가 아끼던 빛바랜 옷장 덮개를 버리지 않는다고 투덜거리면서 바꾼 일도 있다. 지금은 전통방식의 쪽빛 천을 돈을 주고 수집할 정도이지만 말이다.

가치의 다양화라는 말이 있지만 지금만큼 다양한 가치가 존재하는 시대는 없었다. 그렇게 생각하면 나이든 사람들의 가치관을 소중히 여기는 것도 당연한 일이지만 요즘은 젊은 사람들의 개성이나 가치만 중요하게 생각한다. 오히려 나이를 먹은 사람들의 가치관이 더 의미 있지만 무시되기 일쑤이다.

나와 부모 세대는 가치관이 다른 것이 당연하다. 시대도 교육도 다르다. 하지만 자신 속에는 부모로부터 이어져온 것이 반드시 있다. 그런 것을 깨닫는 것도 서른을 넘은 이후부터다.

부모의 가치를 인정하자. 차이가 있어도 좋다. 자신의 가치관을 인정받고 싶다면 먼저 부모의 가치관을 인정하자. 그렇게 생각하고 돌아보면 이따금 부모 쪽이 옳다는 사실을 깨닫게 될 것이다.

20

자식이 지켜야 할 예의도 있다

떨어져 사는 부모에게는 편지와 선물이 좋다

부모와 떨어져 살 때 중요한 것은 자신의 마음을 어떻게 잘 표현할 것인가이다. 말도 좋고, 행동도 좋다. 편지를 쓰거나 선물을 보내도 좋다. 문제는 그 속에 그 사람의 마음이 얼마나 담겨 있는가이다.

그 중에서 내가 권하는 것은 편지와 선물이다. 일상생활 속에서 지워지지 않는 형태로 남는 것이 마음을 전달하는 계기가 되기도 한다. 부모들은 편지 세대이다. 지금처럼 무엇이든 전화로 끝내는 전화 세대가 아니다.

그렇기 때문에 부모 세대는 문안인사든 계절인사든 그때그때 편지를 쓰는 것이 좋다. 젊은 사람들도 전화로 말할 수 없는 진짜 마음은 편지로 쓴다.

친정 부모나 시부모와 좋은 관계를 만들고자 한다면 편지를 활용해보는 것은 어떨까. 글씨를 쓰는 것이 조금 서툴러도 상관없다. 글쓰기를 어렵게 생각하는 사람들이 많지만 이야기하듯이 쓰면 된다. 형식에 맞추려고 하면 오히려 재미가 떨어진다.

함께 사는 경우라도 생일 즈음 메모에 몇 자 적어서 건네면 무척 좋아한다.

부모들의 세대는 교제를 중시하는 세대이기 때문에 기본적으로 연말연시와 명절 같은 형식적인 모임이나 예절을 중요시 한다. 부모와 자식 사이이기 때문에 필요 없다고 생각할지 모르지만 부모가 그것을 중요하게 생각하는 경우에는 그 뜻에 따르는 것도 필요하다.

한마디 더 하면 때가 되어 회사에 잘 보이려고 중역에게 선물을 하는 사람도 있는데 그보다는 부모에게 선물하는 것이 훨씬 낫다.

굳이 물건으로 마음을 표현하지 않아도 좋지 않은가, 라고 생각하는 사람도 있겠지만, 나의 어머니는 그것이 낙이셨다. 선물을 받는 것이 즐거우셨던 모양이다.

나는 일로 알게 된 사람에게는 명절이라고 해도 특별히 선물을 보내지 않는다. 그 의미를 인정하지 않기 때문이다. 하지만 부모에게는 선물을 한다. 평소에 원하는 것을 물어두었다가 기회가 있으면 보내는데, 그것도 가능하면 많은 사람들이 선물을 보내는 시기가 아니라 개인적으로 의미를 두는 날에 보낸다.

예를 들면 생일. 나이를 먹으면 자신조차도 생일을 잊을 때가 있다. 나는 그때 어른들이 갖고 싶어 하는 것으로 여자인 경우에는 핸드백이나 구두, 액세서리를 선물하고, 남자인 경우에는 귀한 술 등을 사놓았다가 보낸다.

그리고 어버이날에는 꽃을 보낸다. 특별히 비싼 것보다는 마음이 담긴 것을 골라서 몇 자 적은 카드와 함께 보낸다. 대부분 형식적이 되기 쉬운 연말연시나 명절 선물보다도 기쁘게 받아준다. 누군가가 기억해준다는 것은 어떤 것보다도 기분 좋은 일이다.

만약 시간이 있다면 생일에 직접 찾아가는 것이 좋다. 나는 일이 바쁘고 좀처럼 시간을 낼 수 없어서 선물과 카드를 보내는 경우가 많은데, 선물을 받고 상대편이 전화를 걸어주어서 자연스럽게 이야기를 하게 되는 경우도 있다.

다만 정월만큼은 양쪽 부모님을 반드시 찾아뵙는다. 나의 친정 부모님은 두 분 모두 세상을 떠나셨기 때문에 부모님이 세상을 뜨신 뒤에는 집에서 보내지만, 시댁에는 매년 사나흘씩 반드시 함께 찾아간다. 그때도 이것저것 선물을 가지고 간다. 좋아하시는 게를 주문해두었다가 가져가거나 맛좋은 장아찌를 구해서 가져간다. 금년에는 내가 만든 초밥을 커다란 그릇에 담아갔는데 무척 반겨주셨다.

무엇이든 좋다. 마음은 모양이 없어 알 수 없기 때문에 물건으로 표현하는 것도 필요하다. 나는 평소에 쓰지 않는 물건을 주고받는 것을 좋아하지 않지만, 부모님에게만큼은 꼭 해보길 권한다.

그리고 상대편에게 무엇인가를 받았을 때는 순수하게 기쁘게 받자. 그것이 설사 자신의 취향과 다르고 맛이 좋지 않더라도 말이다. 누군가가 기뻐하는 것을 보는 것은 기분 좋은 일이다. 그것을 주는 쪽은 상대방이 마음에 들어 하는지 어떤지 불안한 마음일 것이다. 상대방이 느낄지도 모를 불안을 날려버리는 것이 상대방에 대한 예의이다.

그리고 어떤 형태로든 답례를 하자. 답례는 바로 하기보다는 의례적으로 보이지 않도록 기회를 보아 좋은 것이 생기면 가지고 가서 인사를 하거나 여행지에서 보내는 것이 좋다. 그런 것이 부모와의 관계를 부드럽게 만든다. 선물도 잘 하면 인간관계에 윤활유가 된다. 마음을 물건으로 표현하는 것도 때로는 필요하다.

특히 나이가 많은 사람은 받기만 하는 것을 싫어한다. 나의 어머니도 나에게 시끄러울 정도로 말씀하시곤 하셨다.

"다른 사람에게 뭘 받으면 반드시 어떤 형태로든 답례를 해야 한다."

　부모들은 그것이 예의라고 생각하던 시대에 자랐다. 우리도 부모를 대할 때는 그런 마음을 헤아리는 것이 좋다. 자신의 친정 부모라면 상관없지만, 시부모인 경우에는 사소한 일이 말다툼의 원인이 되거나 오해를 불러일으키기 때문이다. 기분 좋은 선물과 편지는 마음을 따뜻하게 해준다. 마음을 담은 선물과 편지로 즐겁고 잊지 못할 부모와 자식 관계를 만들어가길 바란다.

chapter **5**

이웃과의 관계를 원만하게 만드는 방법

◆ 30대부터 시작하는 인간관계 3

21

타인의 눈에 비치지 않는 것

자기다움에서 진짜 교제가 시작된다

당신은 이웃이나 친구를 언제나 신경 쓰고 있지는 않은가? 무슨 일을 하거나 무엇인가를 살 때, 그 사람의 집도 그랬으니까, 친구가 갖고 있었으니까, 하고 항상 타인을 기준으로 삼고 있지는 않은가? 타인과 같은 것을 하면 안심할 수 있다는 생각은 아주 나쁜 습성 중의 하나이다.

특히 여성은 다른 사람들과 나란히 다니는 것을 좋아하는 경향이 있다. 어렸을 때부터 여자아이들은 남자아이들에 비해 어깨를 나란히 하고 걷는다. 직장에서 일을 하면 같은 직장의 여직원들끼리, 결혼을 하면 이웃의 부인들끼리 같이 행동한다. 심지어는 화장실에 갈 때도 함께 있는 여성에게 같이 가자고 말한다.

여자들이 나란히 다니는 모습은 결코 아름답지 않다. '혼자 걷는 여자가 아름답다'고 나는 생각한다. 혼자 걷는 여자란 혼자되는 것이 어떤 것인지 알고 있는 여성, 자신으로 돌아가서 생각할 수 있는 여성이다.

언제나 타인이나 세상의 눈만 신경 써서는 자신을 제대로 볼 수 없다. '다른 사람들의 이목이 있다' 혹은 '사람들 앞에서 체면이 안 선다.' 운운하는데 사람들이란 도대체 누구를 가리키는 것일까. 아마 이웃이나 친구 등 극히 일부분일 것이다.

그 사람들이 이렇게 말했다, 저렇게 말했다고 소문을 말하고 한편으로 그 한정된 사람들의 눈만 의식하면서 사는 것은 즐겁지도 않고 결국엔 자기 자신을 잃는 결과를 초래할 뿐이다.

우선 무리지어 다니지 말자. 그것이 이웃이나 친구와 좋은 만남을 만들어가는 비결이다. 서로가 의지하면서 불평을 털어놓는 동안에는 좋지만 한쪽이 부자가 되거나 한쪽의 아이가 좋은 학교에 들어가면 그 전까지 유지해온 관계가 완전히 달라진다.

어째서 그 집만 그렇게 잘 풀릴까 생각하는 동안, 시기와 질투가 생기고 끌어내리고 싶어진다. 시기와 질투는 이웃과 자신을 같은 줄에 놓고 비교하려는 데서 비롯된다. 이웃과 자신의 집은 원래부터 다르기 때문에 비교할 수 없는 것인데도 그런 사실을 무시하고 타인과 자신을 비교한다. 그것이 바로 여자의 나쁜 습성이다. 이웃은 이웃이고 자신은 자신이다. 다르기 때문에 의미가 있는 것이다. 이웃 남편과 같은 남편, 이웃 아이와 같은 아이가 오히려 비정상적이다. 자기 자신도 이웃의 부인과 다르다. 자신을 다른 사람과 같다고 생각하지 않도록 좀더 자신을 소중하게 생각하는 것은 어떨까.

왜 다른 사람들과 어깨를 나란히 하려고 하는 것일까. 그것은 다른 사람들과 같이 하면 안심할 수 있기 때문이다. 시기와 질투를 느끼기는 하지만 다른 사람과 같은 것을 하면 불평을 듣지 않는다. 다른 사람보다 튀어 보이지 않고 뒤처지지 않게 다른 사람들만큼만 해두면 편하다. 조금이라도 다르면 저항감이 있다. 그렇기 때문에 무슨 말을 듣지 않기 위해서라도 다른 사람의 눈만 걱정하면서 같은 일을 같은 만큼 하려고 생각한다. 그러나 그러는 사이 점차 자신다움은 사라진다.

무엇이든 다른 사람을 기준으로 두고 '다른 사람이 이렇게 하니까' '모두가 그렇게 말하니까'라고 말하면서 살면 언젠가는 자신만의 개성은 사라진다. 손에서 모래가 빠져나가듯이 조금씩 없어지고 마는 것이다.

우선 이웃과 우리 집은 다르다, 라는 사실을 인식하자. 그러면 조금 신경이 쓰이는 일이 있어도 그 사람은 그 사람, 나는 나, 라고 생각할 수 있어서 시기하거나 질투할 일도 없다. 자신을 아끼는 것은 타인의 삶도 존중하는 일이라는 사실을 직시하고, 우선 타인과 자신을 떼어 생각하는 것부터 시작해보았으면 한다.

나란히 하는 것과 연대는 다르다. 나란히 하는 것은 서로에게 의지해서 뜻이 맞을 때는 불평을 털어놓다가도 한쪽이 조금이라도 형편이 나아지면 부럽다는 생각이 들고 기가 죽는다. 단지 다른 사람의 흉내를 내면서 자신만의 개성을 발휘하는 것을 서로 견제하면서 살아가는 것뿐이다. 언제나 똑같은 이야기뿐이고 더 이상의 발전은 기대하기 어렵다. 하지만 연대는 전혀 다르다. 연대는 자신답게 살기 때문에 평소에는 한 사람 한 사람의 생각이 다르지만, 필요할 때는 각자가 의견을 내고 지혜를 모아서 보다 나은 방법을 생각한다. 그렇게 힘을 모으는 것은 단순히 나란히 하는 것과 달리 그 속에서 만들어지는 것이 있다.

연대와 나란히 하는 것은 비슷한 것 같지만 다르다. 그것을 혼동해서는 안 된다.

연대는 사람들이 하나하나 독립했을 때 비로소 성립한다. 나란히 하는 것은 같은 일을 하면서 안심하고 다른 일을 하는 사람을 내쫓는다. 나란히 하는 것은 실제로 따돌림을 조장할 뿐 아니라 왕따의 구조적인 원인이라는 사실을 기억하자.

22

지역사회와 교제할 때 가장 필요한 것

인사 한마디가 마음을 열어준다

이웃과의 교제에서 윤활유가 되는 것은 인사다. 그리고 마음을
열고 상대방에게 다가가는 것이 인사다. 인사는 "열려라 참깨!"라
는 주문과 같다. 자신의 마음을 열고 상대방에게 다가가면 상대방
도 마음을 열어준다. 그리고 마음의 교류가 이루어진다.

필요 이상으로 상대방에게 다가서는 것은 금물이지만 인사를
주고받는 것은 기분 좋은 일이다. 특히 요즘처럼 아파트나 공동주
택이 늘어나면 싫더라도 얼굴을 마주하게 된다. 얼굴을 마주할 때
마다 인사만이라도 해두면 마음이 편안해진다.

우리 부부도 도심의 아파트에 살고 있는데, 주민 대부분이 엘리베이터에서 만나면 한마디라도 말을 걸고 엘리베이터에서 먼저 내릴 때도 "먼저 실례할게요." "들어가세요."라고 인사를 나눈다. 이따금 모르는 척하는 사람을 마주치면 기분이 좋지 않다. 아이들 가운데도 아침에 만나면 "안녕하세요?" "다녀오겠습니다!"라고 씩씩한 목소리로 인사하는 아이가 있다. 그런 아이를 만나면 하루 종일 기분이 좋다. 관리인에게도 인사하지 않는 아이를 보면 한눈에도 그 집의 분위기를 알 수 있다.

  아무리 고급 아파트라고 해도 공동주택이라는 사실은 변함이 없다.

  공동체 마을에서는 같이 살기 위한 다양한 지혜가 만들어졌다. 서로 돕고, 아픈 사람이 있으면 돌보고, 아이를 맡아주고, 간장이나 조미료를 빌려주거나 빌려오기도 하고, 서로가 어려울 때 돕는 상부상조가 이루어졌다.

  간섭하길 좋아하는 사람도 있었을 테니 틀림없이 시끄러웠겠지만, 빌려주거나 빌리지 않는 것이 있었다고 한다. 그것은 다름 아닌 쌀이다. 쌀은 한 집안의 주식이다. 아무리 어려워도 일가를 지탱하는 쌀은 빌리거나 빌려주지 않는 것이 예의였다는 말을 들은 적이 있다. 친한 사람 사이에도 지켜야할 예절이 있다고 하지 않는가. 빌릴 것과 빌리지 말아야 할 것은 분명하게 구별하고 있었던 것이다.

지금은 열쇠 하나로 자신의 생활을 지키는 시대이다. 하지만 집으로 들어간 뒤의 생활을 지키지 위해서, 그리고 한 걸음 밖으로 나가서 엘리베이터든 복도든 공동으로 생활하는 곳에서 모두가 기분 좋게 지내기 위해서 인사를 나누는 것은 아주 중요하다.

나는 지금 살고 있는 아파트로 이사 온 뒤 바로 옆집에 인사를 갔다. 그렇게 인사를 간 것은 전에 살던 곳에서도 마찬가지였다. 얼굴만이라도 알리기 위해서 아주 작은 것을 가지고 찾아갔다. 지금의 아파트로 이사한 것은 가을이었고, 때마침 맛난 감을 선물받은 때여서 좋은 것을 골라 가져갔다. 전에 살던 아파트에서는 양 옆집에 아이들이 있어서 초콜릿을 가져갔었다.

어떤 것이든 좋다. 건네주면서 한 마디 해두면 다음에 만났을 때 자연스럽게 웃으면서 인사할 수 있다.

외국인의 경우에는 오랫동안 공동주택에서 살았기 때문인지 인사도 잘 하고 매너도 좋다. 엘리베이터에서는 반드시 인사를 하고 한 순간 스스럼없이 웃어준다. 지금 우리 옆집에는 프랑스 대사관에서 일하는 직원이 살고 있는데, 그는 내가 영어로 인사하면 일본어로 인사를 받아줄 정도로 유머감각도 있다.

등산을 좋아하는 사람이라면 잘 알겠지만, 산길에서는 낯선 사람과 마주칠 때마다 "안녕하세요?"하고 서로 인사를 나눈다. 그때의 상쾌한 기분을 하루하루의 생활 속에서도 느낄 수 있다면 얼마나 좋을까 생각해본다. 특히 이웃과 편안하고 좋은 기분으로 대했으면 하는 바람이다. 서로가 불편한 감정으로 살면 자신이 불쾌해진다. 이웃을 보고 '불쾌한 놈'이라고 생각하면 감나무 잎이 담장 위로 늘어져 있어도 화가 나지만, '느낌이 좋은 사람'이라고 생각하면 대부분은 편안하게 받아들인다.

그런 사소한 감정을 만드는 것이 바로 지나칠 때 건네는 한두 마디의 인사이다.

부모가 이웃에게 스스럼없이 따뜻한 마음을 담아서 인사하면 그들의 자녀도 자연스럽게 인사를 한다.

30대 여성이 인사를 하고 안 하고는 혼자만의 문제가 아니다. 한 집안의 주부로서 그리고 어머니로서 아이에게도 영향을 미치고 더 나아가서는 그 인사 한 마디가 지역사회에서 기분 좋게 살게 할 수도 있고 불쾌하게 만들 수도 있다. 인사 한 마디도 단지 예의로만 할 것이 아니라 마음을 열고 "열려라 참깨!"하고 자신의 마음에 주문을 걸고 인사를 해보자.

23

진짜를 분별하는 눈

당신은 친하게 지내는 친구나 지인이 몇 사람 있는가? 사람이 많다고 좋은 것은 아니다. 한 사람이라도 좋다. 중요한 것은 정말로 신뢰할 수 있는 사람이 있는가이다. 형편 닿는 대로 기대거나 밥을 먹거나 영화를 보는 친구가 아니라 정말로 자신이 어려울 때 필요한 도움을 줄 수 있는 친구가 있는가, 하는 것이다.

내게는 그런 친구가 세 명 있다. 중학교와 고등학교시절을 함께 보낸 그 친구들은 그 당시에 사이가 좋았다기보다는 라이벌이었다. 그리고 다른 한 친구는 대학 동기다. 우리는 대학시절에 서로 반발심을 느끼던 사이였지만, 그는 지금 가까이에서 가장 큰 힘이 되어준 친구다.

대학 재학시절 그 친구는 학생운동에 앞장섰던 투사였고, 나는 학생운동에 참가하고 싶은 마음은 있었지만 적극적으로 행동하지 못하고 차갑게 그 친구의 행동을 지켜보기만 했었다. 그 친구는 그 친구대로 내가 문제의식이 없다고 안타깝게 생각했을지 모른다.

우리 두 사람이 서로에 대해 마음속으로 반발심을 느꼈던 것은 필시 그만큼 서로에 대해 신경 쓰는 부분이 있었기 때문일 것이다. 우리는 졸업하고 10년이 되던 해에 길거리에서 우연히 마주쳤다. 그리고 이야기를 하는 동안 뜻이 통했고 지금은 가장 신뢰하는 친구 사이가 되었다.

그 당시에 함께 밥을 먹고 나란히 걸었던 친구들은 단지 함께 다니기 편했던 상대였음이 틀림없다. 지금은 아무런 연락도 없고 만나고 싶다는 생각도 들지 않는다.

학창시절에 사이가 그다지 좋지 않았던 친구와 지금에 와서 가까운 사이가 된 것은 상대방에 대한 저항감이 있었기 때문이라고 생각한다. 눈엣가시처럼 여기는 사람에게는 자신에게는 없는 무엇인가가 있다. 그렇기 때문에 신경이 쓰인다. 나에게 없는 좋은 것을 갖고 있기 때문에 눈에 거슬렸던 것이다.

나는 많은 여성들이 친구를 선택하는 방법이 틀렸다고 생각한다. 편하기만 한 사람을 친구로 삼거나 눈앞의 이익만 보고 사귀기 때문에 더 이상의 발전이 없고 두 사람 모두 같은 함정에 빠질 위험이 있다. 그 관계에 조금이라도 금이 가면 바로 깨지고 만다.

자신에게 있어서 가장 좋은 친구나 지인은 쓴 약과 같다. 저항감이 있는가, 자신에게는 없는 것을 갖고 있는가. 그런 사람과 친구가 되면 자극이 되기 때문에 자신도 무엇인가를 시작할 수 있다. 그런 친구야말로 소중한 친구이다.

여자 나이 중에서 30대는 진짜가 보이기 시작하는 시기이다. 그리고 과거에는 반발심이 있었더라도 그런 진짜 친구를 만날 수 있는 시기이기도 하다. 내가 길거리에서 친구를 만났던 것도 30대 중반이었다.

그리고 직장에서 만난 사람 중에는 현재 여배우로 활동하고 있는 사람도 있다. 나보다 1년 빨리 입사한 선배였고, 나고야로 전근해서 직장생활을 한 1년 동안 같은 기숙사의 옆방에서 지낸, 같은 솥의 밥을 먹은 사이다.

그는 무슨 일이든 잘 해내는 사람이었고 머리도 좋고 아름다운데다 멋쟁이여서 나로서는 도저히 흉내 낼 수 없는 사람이었다. 하지만 무슨 일이든 잘 해내는 그 선배가 곁에 있었기 때문에 나는 항상 내 힘으로 그 선배와 다른 발상, 다른 방법으로 일하려고 애썼다. 일부러 그것을 꾀했다기보다 그 방법밖에 없었다. 처음 사회생활을 하는 그 자리에서 그 어디에서도 찾아볼 수 없는 눈엣가시가 바로 옆에 있었던 것이다.

당시 직장에서 여자는 단 둘 뿐이어서 늘 비교 대상이 되었다. 지금 생각해보면 그런 일이 있었기 때문에 나는 나름대로의 길을 걸어올 수 있었던 것 같다.

지금 나는 그 선배에게 진심으로 감사하고 있고, 만나면 언제나 애칭을 부르던 옛날로 돌아갈 수 있다.

자신으로 하여금 '지지 않겠다'는 생각을 하게 만드는 무엇인가를 가진 사람이 바로 자신의 좋은 친구다. 좋은 친구를 지나쳐서는 안 된다. 어떻게 되든 상관없는 사람만 친구로 삼아선 안 된다. 그리고 이 사람이라고 생각하면 철저하게 사귀어야 한다.

사람은 누구든 좋을 때만 있는 것이 아니다. 실의에 빠지거나 기가 죽을 때, 불행의 밑바닥을 헤맬 때, 손을 내밀어서 도움을 주는 친구가 무엇보다도 큰 재산이다.

나는 방송국을 그만두고 글 쓰는 일로 전업하는 동안에 완전히 실의에 빠진 적이 있다. 하는 일들이 제대로 풀리지 않아서 완전히 갈팡질팡하고 있었다.

그때 말없이 손을 내밀어주었던 몇 사람의 도움은 평생 잊을 수 없다. 좋은 상태에서는 가만히 있어도 사람들이 다가오지만 상황이 나빠지면 떠나버린다. 그 속에 남은 친구가 진짜 친구일지도 모른다.

　나도 마찬가지로 친구가 실의에 빠졌을 때는 힘이 될 수 있는 사람이 되고 싶다. 상대방에게 바라기만 할 것이 아니라 그에게 마찬가지로 도움이 되지 않으면 안 되기 때문이다.

　만약 병에 걸려 괴로워하거나 일이 제대로 풀리지 않는 친구가 있다면 편지를 쓰거나 꽃을 보내거나 그 밖에 내가 할 수 있는 노력을 아끼지 않을 생각이다.

24

교제와 대화의 규칙

여자의 수다도 3분 원칙

이웃과의 교제나 친구관계에서 주의해야 할 것은 불필요하게 수다를 떠는 것이다.

해서는 안 되는 말을 해서 신뢰관계가 깨지는 일이 종종 있다. 여자들의 수다는 대부분 끝도 없이 길어지는데, 그러다 보면 해서는 안 되는 말까지 쏟아놓는다.

지나치게 오래 혼자 수다를 떨지 않으려면 상대방이 말할 수 있도록 하는 것도 한 가지 방법이다. 이야기를 잘 들어주면 상대방에게 좋은 느낌을 줄 수 있을 뿐 아니라 자신의 허점도 드러나지 않는다.

여자들은 이야기를 시작하면 인사를 한두 마디 한 뒤에 아이들 이야기, 남편 이야기, 음식 이야기, 옷 이야기 등등으로 이어져서 정작 해야 할 말을 못하는 경우가 있다. 어떤 경우에는 해야 할 말을 잊고 집에 돌아가서 전화를 거는 사람이 있다. 그런가 하면 도대체 무슨 일 때문에 이웃집까지 찾아갔는지 기억조차 못하는 사람도 있다.

그런 경우라면 말하는 법을 연습해보는 것이 좋다. 남성은 사회활동을 통해서 자연스럽게 말하는 훈련을 받는다. 하지만 여성의 경우에는 가정에만 있기 때문에 그런 훈련을 받을 기회가 없고, 시간적으로 제약을 받지 않기 때문에 끝도 없는 수다 속에 빠지게 된다.

30대의 책임감 있는 주부는 그렇게 해선 안 된다. 보다 야무지고 세련된 대화법을 익힐 필요가 있다.

그 첫 번째 방법으로 우선 짧게 말하는 연습을 해보자. 기준을 둔다면 아무리 길어도 2분 30초 이상 혼자서 떠드는 것은 좋지 않다. 우리가 일방적으로 말하는 타인의 이야기에 집중할 수 있는 한계는 강연 등의 경우를 제외하면 2분 45초라고 한다. 육체적인 한계를 고려하면 딱 좋은 것은 1분이나 2분, 길어도 2분 30초 정도라고 생각하는 것이 좋다. 그렇게 생각해도 3분까지 길어지기 십상이니까.

 일상생활 속에서도 '3분 스피치' '3분간 ○○○법' 등 3분을 기본단위로 하는 것이 많다. 적어도 3분을 하나의 단위로 가늠하는 것은 많은 도움이 된다. 단, 3분이 효과적이라는 사실만 아는 것은 아무런 도움도 되지 않는다. 3분이라고 생각하면서 15분이고 25분이고 떠들어대는 사람이 많기 때문이다.

 그런 것을 막기 위해서는 시간감각을 키워야 한다. 대략 어느 정도 이야기를 하면 3분이 걸리는지 감으로 알지 못하면 의미가 없다.

 우리 주변에서 3분이 기준이 되는 것은 무엇이 있을까. 예전에는 같은 지역으로 전화를 거는데 3분을 기준으로 했던 적이 있다. 그 이상 통화를 하려면 돈을 더 넣어야 했다. 한번에 이야기할 수 있는 시간이 3분인 셈이다. 3분으로 할 수 있는 말은 어느 정도일까. 전화기에 표시된 카드의 금액이 줄어드는 것을 눈으로 확인하면서 이야기하다보면 3분은 대략 이 정도다, 라는 기준이 생긴다. 그런 뒤에는 집이나 직장에서 전화를 걸 때 시계를 보면서 이야기해 보자. 그러면 나중에는 2분, 혹은 1분 동안 어느 정도 이야기할 수 있는지, 작은 시간의 단위까지도 가늠할 수 있게 된다.

 그리고 이야기가 길어질 때는 중간에 한 차례 이야기를 끊고 상대방이 의견을 말할 수 있도록 기회를 준 다음 다시 이야기를 이어가는 식으로 상대방을 배려하는 일도 필요하다. 누군가를 앞에 두고 혼자 떠드는 것은 상대방에 대한 실례라는 사실도 기억해 두자.

또한 길게 말하지 않으려면 결론을 먼저 말하는 습관을 들이는 것이 좋다. 여자들의 이야기가 길어지는 이유는 상관없는 이야기를 먼저 하기 때문이다. 게다가 감정이나 이야기 흐름에 따라서 이야기가 점차 다른 방향으로 흘러간다. 정신을 차리고 보면 용건이 무엇이었는지도 까맣게 잊는다.

따라서 짧게 말하려면 그 순서를 반대로 하면 된다. 먼저 용건을 꺼내고 그것이 끝나면 편하게 용건과 무관한 이야기로 옮겨가는 것이다. 그 사람의 이야기를 들으면 머리가 어느 정도 정리되어 있는지 알 수 있다.

여자의 경우, 사회활동을 할 기회가 적을수록 말하는 능력도 떨어진다. 스스로 깨닫고 이야기하는 요령을 익히는 것이 좋다.

여성이 길 찾는 방법을 설명할 경우 몇 번을 듣고도 이해하지 못하는 남성이 있다. 그것은 같은 것을 설명하더라도 남성과 비교해서 요령이 부족하기 때문이다. 혼자 알고 있는 어떤 사실을 아무리 설명해도 상대방이 이해하지 못할 때는 우선 자신이 하려는 이야기를 객관적으로 바라보고, 타인이 자신의 이야기를 듣고 이해할 수 있도록 생각하면서 설명하는 훈련을 할 필요가 있다.

일하는 여성은 대체로 이야기가 잘 정리되어 있다. 불필요한 말을 하지 않고 필요한 것을 제대로 알기 쉽게 전달한다. 요령을 알고 있는 것이다.

전화가 걸려온 경우에 한번 듣기만 해도 이 사람이 일을 제대로 하는지 어떤지 바로 알 수 있다.

주부 중에는 말을 할 때 긴장감이 없고 장황하게 늘어놓는 사람이 많다. 어떤 경우에는 "그래서 어떻게 됐다는 거예요?"라고 묻고 싶을 정도이다. 이야기에 비해 접속사를 많이 쓰고 언제 끝날지 모를 말이 이어진다.

말을 할 때는 우선 언제나 상대방을 배려하는 마음을 가져야 한다. 전화를 걸었을 때는 "지금 통화 가능하세요?"라고 묻고, 방문했을 때는 "시간 괜찮으세요?"라고 상대방이 전화 통화나 이야기가 가능한지 사정을 확인한 뒤에 가능한 간결하게 순서에 맞추어 말하는 습관을 들이자.

25

인간관계를 해치는 것

수군거림에는 절대로 끼지 말자

 이웃이나 친구들과 이야기할 때는 화제에도 주의하는 것이 좋다. 어느 곳이든 반드시 '방송국'이라는 별명이 붙은 인물이 있기 마련이어서 정보를 마구 흘리면서 다닌다.

 정보의 속 내용은 대부분이 다른 사람의 소문이다. 이렇게 말하는 것은 좀 뭐하지만 소문은 정말 재미있다. 그것도 "누구누구가 이런 멋진 일을 했다."라는 칭찬은 별로 기분이 동하지 않지만, "며칠 전에 굉장한 걸 봤어….."하는 말에는 귀를 세우고 듣게 된다.

"어머, 그래서."라고 하면서 열심히 들어주는 사람이 있기 때문에 이야기하는 쪽은 신이 나서 재미있게 이야기를 만들어간다.

성인군자가 아닌 이상 대부분의 사람들은 다른 사람의 소문, 특히 흉이나 허물, 스캔들을 재미있어 한다. 주간지가 팔리는 것도 그런 이유 때문이다. 여성주간지도 연예인의 결혼보다 이혼을 다룰 때 더 많이 팔린다고 한다. 텔레비전에서도 연예인의 결혼이나 이혼, 가수의 불륜을 다루면 시청률이 올라간다. 그렇기 때문에 연예부 리포터들은 마치 정의라도 외치는 듯한 표정으로 의기양양하게 기사를 읽어간다.

그것과 비슷한 일은 일상적인 우리들의 대화 속에도 있다. 다른 사람의 소문을 말하면 귀를 쫑긋 세우고 듣기 때문에 말하는 쪽은 자신이 시선을 받는다고 생각하고 살을 붙여가면서 이야기보따리를 푼다. 그리고 들어주는 사람들의 반응에 따라 이야기는 점점 살이 붙여진다.

그렇게 다른 사람의 이야기를 떠벌리는 사람들을 가리켜서 재미있는 사람이라고 입을 모으지만 정작 그들을 신뢰하는 사람은 없다. 그뿐 아니라 다른 사람의 허물을 말하는 사람은 결코 아름답게 보이지 않고, 얼굴이 조금씩 추하게 변해간다. 평소에는 나쁜 사람이 아니라도 이야기의 내용이나 화제가 그 사람의 얼굴을 추하게 바꾸어놓는다.

30대 여성은 자신의 얼굴에 책임을 지지 않으면 안 된다. 자신을 보다 아름답게 만들려면 다른 사람들의 소문, 특히 흉이나 험담, 스캔들 등은 말하지 말아야 한다. 소문을 말하고 싶은 생각이 들더라도 참자. 만약 다른 누군가에 의해 그것을 찬성하는 분위기가 만들어진다고 해도 아무렇지도 않게 받아넘기는 것이 좋다. 그렇게 하지 않으면 상대방은 당신도 흥미를 갖고 있다고 생각하고, 동시에 당신은 단순히 듣는 쪽에서 동조자로 바뀐다. 자칫 잘못하면 그 소문은 당신이 말한 것으로 소문이 날 수도 있다.

다른 사람의 이야기에는 끼지 않는 것이 상책이다. 다른 사람의 허물을 말하지 않는 사람은 신용할 수 있는 사람이라고 생각해도 좋다. 또한 만약 당신 주변에 다른 사람의 허물을 말하는 사람이 있다면 당신도 언젠가는 그 사람의 입에 오를 거라고 생각하면 틀림없다. 자신의 얼굴을 추하게 만들고 싶지 않다면 다른 사람의 이야기에는 끼지 말아야 한다.

우리가 일생동안 하는 이야기의 3분의 1이 다른 사람의 이야기라고 한다. 이제부터는 남의 말은 줄이고 조금 더 필요한 이야기를 늘려가자. 적어도 개인에 관한 일이 아닌 다른 화제로 바꾸는 노력을 해보는 것은 어떨까.

다른 사람의 이야기는 결국 아무런 발전도 없는 부질없는 일이고 기분을 불쾌하게 만들 뿐이다.

정보제공자는 반드시 마지막에 "아무에게도 말하지 마."라고 덧붙인다. 하지만 말하지 말라는 것은 "말해."하는 말과 같아서 이야기를 들은 사람 역시 다음 사람에게 같은 말을 하면서 소문을 이야기한다. "절대로 말하지 마."라고. 그리고 눈 깜짝할 사이 소문은 퍼져나간다.

되풀이해서 말하지만 소문의 희생양이 되고 싶지 않다면 당신 자신이 소문을 내지 말아야 한다. 그것이 소문으로부터 자신을 지키는 방법이다.

한 가지 더 이야기하면, 여성들은 무슨 일이 생기면 누군가에게 의논하고 싶어 한다.

무슨 일이든 마지막에는 스스로 결정하지 않으면 안 되는데도 불구하고 누군가에게 의논을 한다. 그렇게 자신의 고민을 이야기하고 나면 마음이 안정된다. 라디오나 텔레비전, 그리고 신문지상에서 상담코너가 전혀 시들해지지 않는 것은 그 때문이다.

여성은 타인에게 의논함으로써 마음의 안정을 찾는다. 스스로 결정하는 것이 아니다. 누군가가 결정해주었으면 하는 나약함이 그렇게 만든다. 그리고 책임을 전가하기 위해서 다른 사람에게 의논하는 부분도 있다. 어떤 사람이 그렇게 말했으니까, 라고 자신을 이해시키려고 한다.

의논상대가 정말로 신용할 수 있는 사람이라면 그래도 괜찮지만, 함부로 이 사람 저 사람에게 이야기를 털어놓으면 오히려 결론을 내리기 어렵다. 결국 결정하는 것은 자기 자신이다. 그리고 자신의 일은 스스로 책임을 지지 않으면 안 된다. 누군가에게 의논한다는 것은 어디까지나 자신이 결정한 것에 대한 확인 정도의 의미밖에는 없다. 자신이 누군가에게 이야기한 것은 그 전에 이미 대략적인 내용이 정해진 경우가 대부분이다.

30대가 된 여자는 스스로 자신의 일을 결정할 수 있고, 스스로 자신의 인생에 책임을 질 수 있어야 한다. 다른 사람에게 의논하기 전에 스스로 생각하는 습관을 들일 필요가 있다.

chapter **6**

친척과의 관계가 더욱 돈독해지는 방법

♦ 30대부터 시작하는 인간관계 4

26

가까운 사이이기 때문에 더 어렵다

비교하는 것은 어리석음의 극치

'멀리 있는 형제보다 이웃이 낫다'는 말이 있는데, 실제로 어려운 일 중에 하나가 바로 형제자매나 친척과의 관계이다. 좋은 관계가 유지되면 신뢰 속에서 얼마든지 즐거운 일을 만들어갈 수 있지만, 자칫 잘못하면 이것만큼 복잡한 관계도 없다.

내 주변에도 보기 좋은 예가 있는가 하면, 얽히고설켜서 서로 미워하는 예도 수두룩하다.

그것은 가까운 관계일수록 미움이 깊어지기 때문이다. 예를 들어 사상을 같이 하다가 그 관계가 깨질 경우, 그 후의 미움은 골이 깊다. 과격파끼리의 종파전쟁도 그 한 예인데, 쇠파이프로 상대를 죽이는 일도 서슴없이 자행한다.

상대방이 타인인 경우에는 '저 사람은 어쨌든 남인데 뭐.'라고 생각하면 쉽게 포기가 된다. 하지만 가까운 혈연이면 '어째서 이런 일을 당하게 만드는 거야.', '이 정도는 이해해주면 될 텐데 왜 못 해주는 거지?'라는 생각이 들고 화가 난다. 자매의 경우도 한 부모 밑에서 독립하지 않은 상태로 있을 때는 사이가 좋다가도 결혼해서 각자의 가정을 꾸리고 아이를 낳으면 남편과의 삶에 따라 각자의 인생이 달라지기 때문에 마음을 털어놓는 일이 여간해선 쉽지 않다.

심지어 경쟁상대로 여기는 사람도 있다. 특히 남편이나 자녀의 나이가 같을 경우에는 어느 쪽이 빨리 출세하느냐, 어느 쪽 아이가 공부를 잘 하느냐를 가지고 시기하고 질투한다.

요컨대 겉으로 보이는 것을 비교한다. 자기 자신이 하고 싶은 일을 놓고 비교한다면 모를까, 남편이나 자녀를 다른 사람과 비교하면서 경쟁하는 것은 정말 꼴불견이다.

겉으로 보이는 것을 비교하면 결과는 어떻게 될까. 창끝은 남편과 자녀에게로 향한다.

"동생네 집은 벌써 과장이래. 당신은 뭘 하고 있는 거야." "○○는 그렇게도 들어가기 어렵다는 학교에 들어갔다는데 우리 애는 누굴 닮아서 이 모양이야."

아무런 죄도 없는 남편과 자녀가 희생양이 된다.

그런 경우, 상대 쪽의 정보를 입수하기 위해서 친정에 전화를 건다. 부모가 조금이라도 상대편을 옹호한다 싶으면 그 불똥은 부모에게 튄다. "엄마는 어렸을 때부터 동생만 예뻐하더니 지금도 마찬가지야" 라고. 하지만 본인은 자신이 하고 있는 행위의 추함을 전혀 깨닫지 못한다.

가장 가까운 사람들은 가깝다는 이유 때문에 자신도 모르게 자신과 비교하는 대상으로 삼기 쉽다. 그런 생각이 들 때는 자기 자신에게 이렇게 말할 필요가 있다. "언니는 언니, 동생은 동생, 나는 나다" 라고. 비교대상은 동성인 자매뿐만이 아니다. 오빠나 남동생은 성이 다르기 때문에 그 정도로까지 비교하지는 않지만, 그 경우에 비교 대상은 그 '배우자'들이 된다. 이번에는 올케가 희생양이 되는 것이다.

그 대상이 자신보다 화려하거나 조금이라도 자신과 다른 행동을 하면 눈에 거슬린다는 생각에 괴롭히기 시작한다. 부모를 부추겨서 고부 사이를 한껏 꼬이게 만든다.

대개의 경우, 시어머니보다 시누이 쪽이 시끄러운 경우가 많다. 그리고 그때만큼은 평소에 사이가 좋지 않던 시누이들이 일치단결해서 며느리를 공격한다.

가장 가까운 존재이기 때문에 뭉칠 때도 빠른 반면 갈라서는 것도 빠르다. 자매는 그런 존재라는 사실을 인식해둘 필요가 있다. 그리고 결코 서로가 비교하지 않도록 해야 한다. 아무리 상대편이 비교하려고 해도 상대하지 않는 것이 좋다. 그리고 평소부터 자매니까 괜찮다는 생각은 버리는 것이 좋다. 자매라고 생각하기 때문에 상대편이 하는 일 하나하나가 신경이 쓰인다.

'형제자매는 타인의 시작'이라는 말이 있다. 어렸을 때, 적어도 성인이 되기 전까지는 어른들의 비호 아래 같은 환경 속에서 자라지만, 어른이 되면 모두 독립된 존재다. 남자든 여자든 모두 같고 형제자매라고는 하지만 모두 다른 존재라고 생각하는 것이 좋다.

고양이만 보더라도 어미 고양이는 새끼 고양이를 정성들여 키우지만, 반년만 지나면 같이 놀던 자매와도 떨어져서 모두 독립한다. 들 고양이의 경우에는 각자가 자신의 영역을 찾아간다.

사람의 경우에는 서로 도우면서 사는 것이 좋지만, 한 사람으로 독립한 다음에는 필요 이상으로 기대는 것은 바람직하지 않다.

자매니까 괜찮다고 의지하면서 지내면 앞에서 이야기한 것처럼 생활수준이나 사회적인 지위가 같을 때는 상관없지만 한쪽에 무슨 일이 일어났을 때, 그것이 좋은 일이면 질투를 하게 된다. 반대로 나쁜 일, 가령 범죄와 관련된 경우에는 왜 자신까지 어깨를 움

츠리고 살아야 하느냐고 상대방을 원망한다.

친척과 교제하는 것만큼 어려운 일은 없다. 너무 가깝지도 않고 멀지도 않고, 애정이 있으면서도 한편으로 덤덤하게 지내는 것이 가장 좋은 것이 아닐까 생각한다.

상대를 오빠나 언니, 동생이라고 생각하기 전에 우선 독립된 한 사람으로 인정하자. 그런 가운데서 진짜 애정이 나오는 것이 아닐까. 특히 30대가 되면 독립된 한 사람의 여성으로서 교제할 필요가 있다.

27

큰 일이 닥쳤을 때를 대비해서

모두에게 좋은 얼굴보다 초점 있는 교제를 갖자

우리 사회는 지연관계와 혈연관계로 이루어져 있다. 도시에 살면 각자가 다른 사람과 특별한 관계를 갖지 않고도 살 수 있지만, 도시에 살더라도 그 뿌리는 지방 소도시나 농촌에 있는 경우가 많다. 게다가 지방에서는 바로 근처에 가까운 친척이 사는 경우가 흔하기 때문에 사회 전체가 지연관계와 혈연관계로 이루어져 있다는 말은 틀림없는 사실이다.

그렇기 때문에 지연이나 혈연에 얽매이지 않고 사는 방법을 터득하지 않으면 그것에 속박 받기 쉽다.

155

주위의 모든 사람들과 교제를 나누면서 아무런 불평 없이 지낸 다는 것은 정말 어렵다. 아무리 잘 해도 요령이 좋다는 말을 듣기 일쑤이고 잘못하면 불평이 나온다. 결국 어떻게 하든 좋은 소리를 듣기 어렵다. 그래서 나는 '사람들에게 좋은 인상을 주고 싶다'는 생각이나 '사람들이 어떻게 생각할까?'하는 생각을 자신의 마음 속에서 없애는 노력이 필요하다고 생각한다.

주변 사람들에게만 신경을 써서는 아무것도 못한다. 모든 사람 들에게 좋은 인상을 심어주는 것이 불가능하기 때문에 모든 친척 의 마음에 들려는 생각은 깨끗이 버리는 것이 좋다.

모든 사람의 마음에 들도록 행동할 것이 아니라, 상대방에게 자신의 확고한 생각을 호소하고 그런 자신의 자세를 인정받는 것 이 더 중요하다. 처음 한동안은 저항이 따르지만 시간이 지나면서 저 사람은 그런 사람이다, 라고 주변에서 인정하면 불평은 더 이 상 나오지 않는다. 그런 과정을 이겨내려면 강단이 있어야 한다. 30대에는 무슨 말을 듣더라도 웃어넘길 수 있는 아량을 키웠으면 한다.

또한 가능하다면 터무니없는 말을 듣더라도 마음 쓰지 않는 너 그러움도 키우는 것이 좋다. 무슨 일이 있을 때마다 이런 말 저런 말을 들었다고 화를 내는 일만큼 바보스러운 일은 없다. 자신만 불쾌해질 따름이다. 자신의 심리 상태를 언제나 기분 좋게 유지하고 웃어넘길 수 있는 마음가짐을 갖자. 그리고 스스로 다른 사람의 소문을 입에 담거나 험담하는 것을 자제하는 노력도 필요하다. 그것은 다른 사람에게도 마찬가지지만, 친척의 경우에는 가까운 만큼 좀더 주의를 기울여야 한다. 소문이 그만큼 빨리 돌기 때문이다.

친척이라고 해도 그 수가 많기 때문에 가깝게 지내는 것은 한계가 있다. 형제자매라도 마음이 맞는 사람과 맞지 않는 사람이 있다. 친척도 타인의 경우와 마찬가지다. 많은 사람들과 교제를 가지기보다는 한 사람과 깊이 있게 지내는 것이 좋다. 친한 친척이 있으면 힘이 된다. 마음을 헤아려주고 신뢰할 수 있는 사람(되풀이 하지만 한 사람으로 족하다)이 있으면 혼자서 해결하기 어려운 일이 있을 때 의논을 할 수도 있고 마음이 든든하다. 그 대상은 형제자매도 좋지만 사촌이라도 상관없다.

나의 어머니는 지연이나 혈연관계를 중요시했지만, 그런 가운데에서도 교제 범위는 한정되어 있었다. 어머니의 경우, 무슨 일이든 이야기를 나누는 것은 당신의 남동생이 아니라 사촌언니였다. 그것은 동성이라서 편하다는 점도 작용했던 것 같다. 그런 사촌언니가 세상을 떴을 때는 그 어떤 일보다도 슬퍼하셨다.

묘한 일이지만 지금 내가 친척 중에서 가장 가깝게 생각하는 사람은 어머니가 가깝게 지내던 사촌언니의 자녀인데, 나보다 세

살이 많은 언니다. 부모 대에서 사촌이니까 우리는 육촌인데 사는 곳은 멀지만 서로 뜻이 맞는다.

우리는 슬픈 일이나 어려운 일이 있을 때 아무 말 하지 않아도 통하는 부분이 있다. 일전에 내가 키우던 고양이를 사고로 잃고 슬퍼하고 있었을 때도 육촌언니는 몇 차례나 편지와 전화로 위로해주었다. 언젠가는 고양이 사진을 넣을 액자를 하나 사야겠다고 생각하고 있었는데, 어떻게 액자를 생각했는지 모르지만 적당한 것을 보내주기도 했다. 명절마다 연례행사처럼 만나지 않더라도 마음이 통할 수 있는 누군가 한 사람이 있으면 된다.

'무소식이 희소식이다'라는 말도 있지만, 서로가 아무 탈이 없는 동안에는 좋다. 하지만 갑자기 일이 닥쳤을 때, 특히 죽음을 맞거나 생각지도 못했던 사고의 괴로움 속에서 자신을 이해해주는 사람이 있다는 것은 큰 의지가 된다.

자신이 필요할 때만 찾는 사람은 신뢰할 수 없는 사람이다. 이쪽에서 얻을 것이 있을 때만 찾는 친척은 필요 이상으로 가까이 하지 않는 것이 좋다.

이쪽이 어려울 때 힘을 빌려주는 사람은 정말로 신뢰할 수 있는 사람이다. 물질적으로 아무것도 해주지 못해도 좋다. 마음을 의지할 수 있는 사람, 노력을 아끼지 않는 사람, 그런 사람이 필요하다. 그런 사람이 가까이 있으면 갑자기 부모를 잃고 경황없이 장례식을 치러야 할 때도 반드시 힘이 되어 줄 것이다.

나도 그런 사람이 되고 싶다.

실의에 빠진 사람에게 힘을 실어주는 것은 가까운 친척이 해야 할 도리다. 30대가 되면 힘이 되어 줄 친척을 분별할 수 있는 힘도 생긴다.

당신에게는 지금 그런 사람이 있는가.

28

'얼굴 알리기'를 권한다

1년에 한 번은 친척 파티도 좋다

'장례식'이라는 영화가 있다. 감독은 이타미 쥬조(1933-1997. 감독, 배우, 작가. 1984년에 영화 '장례식'을 통해서 영화감독으로 첫걸음을 내딛었고 많은 영화를 남겼다-옮긴이)씨로 부인의 부친이 세상을 떴을 때의 장례식을 영화화한 작품이다. 이 영화는 일상의 다양한 해학을 담고 있다는 좋은 평가를 받았고, 그 해의 영화상을 휩쓸었다.

영화에서 내가 가장 관심을 갖고 본 것은 그 전까지 한번도 만난 적이 없는 죽은 사람의 형이라는 사람이 나타나서 베개는 북

쪽으로 놓아야 한다며 갑자기 갖가지 일을 지시하는 장면이다. 한 번도 본 적이 없는 사촌이나 육촌까지 장례식을 치르는 동안 줄을 잇는다.

그런 상황 속에서 주인공은 장례식을 치르는 동안 내내 황당한 경험을 한다. 최근에는 친척들이 한 자리에 모이는 자리로는 결혼식이나 장례식이 고작이다. 특히 결혼식은 불러주지 않으면 갈 수도 없지만, 장례식에 참석하는 것은 개인의 의지이기 때문에 많은 친척이 모인다.

나도 아버지가 돌아가셨을 때 평소에 전혀 왕래가 없던 친척이 차례로 찾아와서 얼굴도 잘 모르는 사람들에게 어떻게 인사를 해야 할지 몰라 당황했던 적이 있다. 접수를 맡아준 사람도 10년 동안 만나지 못했던 숙모의 자녀였는데, 10년 사이 그는 완전히 성인으로 성장해 있었다. 친척들의 얼굴만이라도 알아둘 필요가 있다고 생각했던 것은 그때이다.

나의 아버지 쪽 친척들은 1년에 한번 정월 즈음에 '사촌 모임'이라는 것을 하고 있다. 도심에서 병원을 경영하는 숙모의 집에서 모이는데, 가족이 함께 모이기 때문에 얼굴 정도는 알아볼 수 있다. 나는 대부분 그 날은 다른 일이 있어서 참석하지 못하지만 강제가 아닌 각자의 의지로 모이는 것이라면 그것도 좋다.

다만 그 친척의 범위를 어디까지로 정하는가가 어렵다. 일단

'사촌 모임'이라고 하면 사촌의 범위라고 생각하면 되겠지만.

구체적인 방법으로는 참가하는 각 가정에서 음식을 한 가지씩 가져가는 것도 좋고, 회비제로 하는 것도 좋다. 맛있는 음식점을 모임장소로 정해서 음식을 먹으면서 1년에 한 번 정도 얼굴을 마주하는 일도 나쁘지 않다. 그렇게 해서 평소에 만나지 못하는 아쉬움을 해소할 수 있다면 효과가 있는 것은 아닐까.

친척과의 만남을 과거 대가족주의의 유물로서의 친척이 아니라 가까운 사람들끼리 파티를 여는 현대적인 감각으로 가볍게 생각하면 좋을 것이다.

주부들의 경우에는 입고 갈 옷차림 때문에 고민하거나 표면적으로 드러나는 일들을 놓고 비교하기 쉽다. 가볍게 친척들이 모이는 자리인 만큼 평소 옷차림으로 스스럼없이 모이면 될 것이다.

친척과의 교제에서 주의해야 할 또 다른 부분은 친척이 집 가까이 사는 경우이다. 슈퍼에 물건을 사러갔다가 만날 수도 있고 역에서 마주치는 경우도 있을 것이다. 하지만 모른 척해서는 서로가 기분이 좋지 않다. 가까이 있을 때는 다소 마음이 내키지 않더라도 최소한의 교제를 갖는 것이 좋다.

어느 날, 나의 어머니는 장을 보고 돌아오는 길에 어딘가에서 본 듯한 낯이 익은 사람과 마주쳤다. 그것은 몇 십 년만의 만남이었다. 나의 외할머니는 형제가 아홉이었다. 나의 어머니는 그 중에서 둘째였던 할머니의 딸이고, 그 분은 할머니의 막내 남동생의 딸로 어머니와는 사촌지간이다.

옛날에는 얼굴을 마주하는 일도 있었지만, 같은 도시에 살면서도 전혀 소식이 없었던 것이다. 거리에서 갑자기 마주쳐서 이야기를 해보니 바로 얼마 전에 집 근처로 이사를 왔다는 것이다.

그 후로 어머니와 그 분은 가깝게 지내기 시작했고, 그쪽도 어머니도 서로에게 꽤 의지가 되었다. 나도 그 분의 외동딸과 그 친구들과 같이 조깅하면서 사이좋게 지냈다. 얼마 후에 그 분 일가는 이사를 했다. 하지만 어머니가 건강했을 때는 이따금 그 분과 그의 외동딸과 세 살이 된 손녀딸까지 찾아오기도 했던 모양이다.

또한 나의 시부모님의 경우에는 최근에 이사한 아파트의 건너편에 사촌이 산다는 사실을 우연히 알게 되었다고 한다.

아파트의 창문에서 바로 내다보이는 건너편 집이기 때문에 나이가 지긋한 시부모님에게는 걸어 다니기도 좋은 거리였다. 그래서 맛있는 것이 생기면 갖다 주기도 하고, 그쪽에서 보내기도 했다. 우연이라고는 하지만 그 만남에 대해 서로 놀랐다고 한다.

친척이 진가를 발휘하는 것은 나이가 든 이후이다. 젊을 때는 서로 비교하거나 경쟁하지만 나이가 들고 주변 사람이 한 사람 한 사람 줄어들기 시작하면 남은 자들끼리 서로 의지하면서 살아가야겠다는 생각이 드는 모양이다.

30대에는 아직 실감이 나지 않는 이야기일지도 모르지만, 나이를 먹은 이후에도 만날 수 있는 사람이 있다는 것은 좋은 일이다. 외로움을 못 견디는 사람은 가까운 친척을 소중히 여기는 것이 좋다.

29

'훔쳐보는 시대'이기에 주의가 필요하다

금전 문제는 친척에게도 폐가 된다

'가까운 사이라도 지킬 예절이 있다'고 한다. 친척 관계에서 주의해야 할 것은 역시 서로에게 피해를 주지 않는 것이다.

특히 관계를 악화시키는 것은 금전상의 문제다. 그렇기 때문에 돈을 빌리고 빌려주는 일은 삼가는 것이 좋다. 빌린 쪽은 빌린 쪽대로 왠지 자리가 불편하고, 빌려준 쪽은 빌려준 쪽대로 마음이 쓰인다.

큰 액수가 아니라고 해도 사람마다 돈에 대한 감각이 다르기 때문에 원칙적으로는 돈을 빌려주고 빌리는 일은 하지 않는 것이 좋다.

만약에 어쩔 수 없는 경우에는 제대로 증명이 될만한 것을 남겨두자. 사사로운 다툼은 대개 시간이 흐른 뒤에 일어난다. 친척이나 형제 사이에서 할 일이 아니라고 생각할지도 모르지만 그래서 더 중요하다.

금전을 빌려주고 빌리는 것과 마찬가지로 주의해야 할 것은 보증을 서는 일이다. 보증을 서달라고 부탁하거나 그런 부탁을 받아들인 경우, 부탁한 사람이 돈을 갚지 못할 때는 보증인이 대신 갚을 수밖에 없다. 그렇게 되면 비극이 시작된다. 돈을 빌린 일가뿐 아니라 보증을 서준 집까지 엉망이 되기 때문이다.

요컨대 보증을 서는 것 역시 기본적으로 피하는 것이 좋다. 어쩔 수 없는 경우에는 그런 최악의 경우까지 생각한 뒤에 받아들일 필요가 있다.

내 친구 중에 하나는 돈 때문에 집안이 엉망이 되었다. 보증을 선 것이 보증을 선 본인으로 끝나지 않고 부모와 형제까지 얽히고설켜서 결국 본인은 행방을 감추고 말았다. 돈은 편리한 것이지만 한편으로 인간관계를 밑바닥까지 파괴하는 마력을 지니고 있다.

상속을 둘러싼 분쟁도 결국은 돈이 문제다. 부모가 죽으면 크든 작든 반드시 분쟁이 일어나고 나쁜 기억을 남긴다.

과거와 같이 혈통을 잇는 사람이 모든 것을 상속받는다고 하면 이해하기 쉽지만, 현대에서는 법적으로 등분하도록 되어 있고 유언도 중요한 부분을 차지한다.

　평소에는 사이가 좋았던 형제가 상속을 둘러싸고 사이가 벌어지기도 한다. 각자의 배우자까지 가세하기 때문에 이야기는 더욱 복잡하다. 부모의 재산은 부모 한 세대의 것이고 자식들과는 전혀 상관없는 것이라고 생각하는 것이 가장 좋지만 아직 그렇지 못하다.

　최근의 조사에서 살펴보면 3, 40대 여성은 자녀들이 노후를 보살펴 주리라고 생각하지 않는다. 남편과 둘이서 노후를 보내고 싶어 하는 사람이 많은데, 그러기 위해서는 역시 자신들의 노후에 쓸 돈을 스스로 준비해두지 않으면 안 된다.

　자식들은 부모의 돈에 욕심을 부려선 안 된다. 그렇다고 해서 혼자 손해를 볼 수 없기 때문에 부모의 사후에 형제들 간에 싸움이 시작된다. 하지만 자녀들 스스로 재산을 포기해야 할 때는 포기할 줄 알아야 하고, 무엇이든 조금이라도 받으려는 마음은 깨끗하게 비우는 것이 좋다.

　사람들은 대개 금전관계가 깨끗하지 못한 것을 싫어한다. 평소에 자신은 어떤 입장을 취할 것인지 생각해둘 필요가 있다.

　덧붙여서 친척에게 폐를 끼치는 일을 생각해보면 범죄 등을 저

질러서 신문에 오르내리는 것을 들 수 있다. 어떤 사람이 범죄를 저지르면 그 사람뿐 아니라 그 가족을 포함해서 친척에게까지 그 영향이 미친다.

최근의 매스컴은 개인의 프라이버시를 고려하지 않고 사건 당사자의 집안의 사적인 일까지 들추어낸다.

갑자기 떨어졌다가 솟구쳐 오르듯 사건의 돌풍 속에서 주목받는 친척들은 한바탕 곤욕을 치른다. 한 사람의 개인으로 저지른 일인데도 매스컴에서 부모와 형제를 비롯해서 주변 사람들이 번갈아 거론되고 나면 이웃들의 입에도 오르내리게 된다.

미국이나 유럽 같은 개인주의국가에서는 동양에서처럼 친척들이 화를 당하는 일은 적지만, 우리의 경우에는 고구마 줄기를 들어내듯 많은 사람들이 피해를 입는다.

이런 악습으로부터 피해를 막는 방법은 단 한 가지뿐이다. 각자가 어떤 사건의 범인 가족이나 친척에 대해서 알고 싶다는 마음을 버리고 그것이 재미있다는 생각도 하지 말아야 한다. 만약 매스컴에서 친척을 들먹이더라도 그것에 동조하지 말고 스스로 판단해야 한다.

대개는 누구나 자신의 신변에 사건이 일어나기 전에는 그것이 다른 사람의 일이라고 생각한다. 취재를 나가면 사건에 휘말린 친척들은 "이런 일이 텔레비전이나 신문 속의 일이라고만 생각했지,

내게도 일어날 것이라고는 생각지도 못했다."라고 말한다. 자신의 신변에 닥쳐서야 비로소 깨닫는 것이다.

무슨 일이든 자신의 신변에서도 일어날 수 있다. 따라서 함부로 다른 사람들의 사건이나 불행을 재미있어 하거나 흥미위주로 친척까지 훔쳐보려는 생각은 하지 말아야 한다.

30

친척의 '역사 만들기'를 위해

자녀들끼리 만나는 환경은 만들어져 있는가?

앞에서 이미 '친척 중에서 신뢰할 수 있는 사람을 한 사람 만들자'고 썼지만, 가능하다면 자녀들에게도 친척 아이들과 노는 즐거움을 가르쳐주는 것이 좋다.

부모의 입장에서는 각자에게 사정이 있어서 만나기 어려운 경우도 있지만, 아이들에게는 그런 것이 없다. 어렸을 때는 마음이 맞으면 언제까지든 놀 수 있고, 친척 중에 놀 상대가 있다는 것은 즐거운 일이다.

내가 어렸을 때, 할아버지 댁에는 놀 상대가 많았고 할아버지가 정성들여 가꾸시던 화분 앞에서 찍은 사진은 아직도 소중하게 간직하고 있다. 뜰에 있던 매실을 말리던 자리 옆에서 사진을 찍거나 함지박에서 물장난도 쳤고 정말로 추억이 많다.

어렸을 때의 추억에는 각별한 것이 있다. 조금 자라면 각자의 환경에 따라서 멀어지기도 하지만, 왠지 모를 친근함과 부끄러움이 있고 한편으로 즐거운 기분에 젖어든다.

사촌들 사이에서는 아련한 연정이 오가는 일도 많아서 결혼하는 경우도 있지만, 내가 처음에 좋아했던 남성도 다름 아닌 사촌이었다. 사랑이라고 말할 정도는 아니었지만, 성장해서 오랜만에 만났을 때 그의 모습은 단정하고 말수가 적은 것이 내가 좋아하는 타입이었다.

내가 대학을 졸업하고 취직해서 전근 가던 날, 나는 그 사촌에게 역으로 배웅을 나와 달라고 부탁했었다. 사촌은 선뜻 나와 주었지만, 필시 마음속으로는 당황했을 것이다. 지금 생각해보면 그것도 옅은 상념이었을 것이다.

그는 결혼한 뒤 줄곧 미국에서 살고 있어서 그런 생각을 떠올리는 일은 별로 없지만, 문득 그리운 생각이 들 때가 있다.

추억은 어렸을 때의 기억이 가장 순수하고 그리울 때가 있다. 그런 의미에서 보면 아이들이 만날 수 있는 환경을 만드는 것도 좋다.

나이를 먹으면 그때 일들이 그리워질 것이다. 집안의 가계를 조사하는 것은 대개가 4, 50대가 된 이후다.

나는 시모쥬라는 내 성(姓)의 유래가 시마네하마다 번(에도시대 다이묘가 지배한 영지-옮긴이)이라는 것을 알고 있었기 때문에 하마다에 갔을 때 역사를 더듬어 찾아간 적이 있다. 하마다 번의 역사에 시모쥬 겐타쿠라는 이름이 실제로 있었고, 그는 어른들에게 들어온 대로 의사였다.

사람은 누구나 자신이 어디에서 왔는지 알고 싶어질 때가 있다. 그럴 때 친척 중에 나이가 지긋한 사람에게 물으면 많은 이야기를 들을 수 있다. 좋은 일과 나쁜 일을 포함해서 객관적으로 받아들이면 흥미로운 점도 찾을 수 있다.

그리고 가까운 친척을 생각지도 못했던 곳에서 발견하기도 한다. 나는 『생각해보면 이 세상은 잠시 머물다 가는 곳』을 쓰기 위해 할머니에 대한 자료를 정리하다가 생각지도 못했던 할머니의 일면을 발견했다. 할머니는 젊었을 때 결혼하지 않고 자립해서 살고 싶다고 생각했지만 봉건적인 사회분위기 때문에 자신의 인생을 마음대로 선택할 수 없었다. 결국 당시 사회에서 가능한 만큼 자신의 인생을 사셨지만 마지막 순간까지도 '어쩌면 내게 다른 인생이 있었던 것은 아닐까.'라고 생각하셨던 할머니의 삶을 알고 나는 눈물을 흘렸다. 우리는 지금 자유롭게 살면서 과연 그 시대 여자들의 생각을, 그리고 바람을 이루고 있는 것일까 생각하게 된다.

가까운 친척을 새롭게 발견하는 동안 나는 내 자신에 대해 생각했다. 가까운 친지를 아는 것이 나를 아는 길이기 때문이다.

그리고 덧붙여서 그 책을 쓰면서 복지와 불교사를 전공한 나의 백부가 반전을 외쳤다는 사실도 처음 알았다. 스파이로 오해받고 고문을 당하면서도 불교의 살생계를 지켰고 그 자세를 끝까지 꺾지 않았다는 사실이 자랑스러웠다.

사람들은 제각기 역사가 있다. 당신의 가까이에도 유명하지는 않지만 나름대로의 철학을 가지고 인생을 산 사람이 있을 것이다.

그런 사람을 찾고 발견하는 일, 그리고 가까운 사람에 대해 지금보다 더 잘 아는 일이 당신 자신을 아는 계기가 될지도 모른다. 30대는 눈을 크게 뜨고 가까이에 있는 사람들을 지켜보는 시기이기도 하다.

chapter 7

집안일을 특기로 살리는 비결

◆ 30대부터 키우는 안목과 연구

장점을 더 크게 키우자

집안일을 특기로 하면 하루가 즐거워진다

집안일이라고 하면 우선 떠오르는 것이 청소, 빨래, 요리다. 분명 노동량으로 따지면 이 세 가지가 중점이 되겠지만, 곰곰이 생각해보면 집안일은 그런 단순한 것이 아니다.

집에서 하는 일을 가리켜 집안일이라고 하는 것을 보면 의식주 모든 것이 포함된다. 나아가 경제와 교육을 포함해서 생활 전반이 집안일이라고 말해도 과언이 아니다. 그렇기 때문에 집안일을 한다는 것은 대단한 일이다.

요즘은 전자제품이 집안 구석구석에서 활약하고 있어서 사람의 손길이 필요 없는 곳도 많다. 하지만 집안일을 넓은 의미로 이해하면 집안일은 영원히 끝이 없다.

모든 것을 완벽하게 해낸다는 것은 정말이지 어렵다. 사람에 따라서는 자신 있는 일도 있고 자신 없는 일도 있다. 대개는 무슨 일이든 다른 사람들만큼만 하면 된다고 생각하기 쉽지만, 나는 오히려 자신 있는 것을 한 가지라도 갖고 있는 쪽을 권한다.

30대가 되면 대부분의 집안일을 해보기 때문에 어떤 것이 자신이 있고, 어떤 것이 자신이 없는지는 알 수 있다.

'똑똑한 여자는 요리를 잘 한다'는 말도 있지만 그렇지만도 않은 것 같다. 나는 중동에서 특파원으로 지내던 남편과 함께 있을 당시에 가깝게 지내던 사람들의 부인들에게 이따금 식사초대를 받곤 했었다. 요리를 잘하는 사람도 있고 못하는 사람도 있었는데, 그 중에는 나보다도 훨씬 솜씨가 서툰 사람도 있었다.

그러나 그 부인은 이과대학을 졸업한 사람으로 머리는 어떤 누구에게도 떨어지지 않았고, 경제나 화학을 잘 못하는 남편의 일을 도와주는 훌륭한 조수였다. 그래서 그 집에는 비서가 필요 없었다.

그런가 하면 다른 것은 완전히 엉망인데도 요리를 잘해서 사람들이 모이면 한 그릇이라도 더 먹는 것을 즐기는 사람도 있었다. 사람은 그렇게 모두 다르다.

그렇기 때문에 요리를 못한다고 해서 부끄러워할 일도 아니고, 정리정돈을 못한다고 해서 자신을 비하할 것도 없다. 나도 먼지 정도는 먹어도 죽지 않는다고 말할 정도로 부지런한 것과는 거리가 있는데다, 요리도 시간이 있을 때 이외에는 만들지 않는다.

다만 전업주부인 경우에는 서툴러도 하지 않으면 안 된다. 그것은 의무이기 때문이다. 집안일 전체를 재빨리 처리하기 위해서 내가 권하는 것은 집안일 중에서 한 가지라도 자신 있는 것을 찾으라는 것이다.

내 친구 중에 청소나 빨래를 끔찍하게도 싫어하는 친구가 있는데, 그 친구는 과자 만드는 것을 무척이나 좋아한다. 어렸을 때부터 텔레비전의 요리프로를 즐겨 보았고 요리잡지를 모으거나 직접 배우러 다니기도 해서 조금씩 자신만의 독특한 맛을 만들 수 있게 되었다고 한다. 지금은 어떤 누구도 흉내 낼 수 없는 과자를 만든다. 그 친구의 과자 만드는 솜씨는 근처 제과점에까지 소문이 날 정도여서 아이가 대학에 들어가서 더 이상 손을 타지 않게 되었을 즈음, 제과점 주인에게서 과자를 납품해보지 않겠느냐는 제안을 받았다. 지금은 종업원을 몇 사람 데리고 직접 과자를 굽는 사장이 되었다.

또한 인테리어에 관심이 많은 어떤 부인은 집안에서 어떻게 하면 물건들의 방해를 받지 않고 공간을 넓게 활용할 수 있을까를 고민하다가 다양한 공간활용법을 배우기 위해 인테리어 교실에 다니기 시작했다. 그 부인은 요리는 싫어하지만 의자를 배치하는 방법이나 액자를 거는 방법을 하나하나 생각할 때만큼은 밤이 깊어도 졸리지 않다고 했다. 어쨌든 자신이 배우는 것에 푹 빠질 수 있었다.

그렇게 자신 있는 일을 만들면 그것이 자극제가 된다. 집안일이 모두 의무가 되면 재미없지만 하나라도 재미를 발견하면 힘이 된다.

기왕에 하는 것이라면 즐겁게 하는 것이 득이 된다. 집안일 중에서 하나라도 즐거움을 찾아보자.

빨리 빵을 만들고 싶은 마음에 다른 것은 대충대충 해서라도 집안일을 빨리 끝낼 수 있다. 그뿐 아니라 과자를 만드는 즐거운 시간이 있기 때문에 다른 것도 싫다는 생각을 버리고 할 수 있다.

인테리어에 흥미가 있는 사람은 요리를 하거나 청소를 하면서도 시선은 방의 한쪽 구석에 가 있다. 저것을 어디에 둘까, 어떻게 하면 좀더 어울리게 보일까, 생각하면서 일을 하면 하기 싫은 일이라도 짧은 시간에 끝난다.

무엇이든 한 가지쯤 즐거운 일이 의식주와 경제, 교육 중에 반드시 있다.

집안일은 무엇이든 싫다고 말하는 사람은 즐거움을 스스로 찾

지 않으려고 하거나 찾았더라도 실행하지 않거나 둘 중에 하나이
다.

　이 세상에는 잘 하는 것이 아무것도 없는 사람은 없다. 집안일
중에 한 가지라도 즐거운 일을 찾아보자. 그것이 당신의 생활에
활력을 주고 당신이 즐겁게 살 수 있는 비결이다.

　덧붙여 말하면 나는 집안 꾸미는 것을 좋아한다. 내 취향에 맞
게 방을 꾸미고 좋아하는 그릇에 둘러싸여 있으면 행복하다. 그
그릇에 무엇을 담을까, 생각하면 못하는 요리도 즐거워진다.

32

시간을 효과적으로 쓰는 법

능률적으로 하고 싶다면 역산방법을 쓰자

가사를 얼마나 능률적으로 할 것인가 하는 것에 대해서는 이전부터 다양한 제안이 있었다. 예를 들면 세탁기로 무엇이든지 세탁한다든가, 손과 발을 써서 두 가지 집안일을 동시에 끝내는 아이디어가 소개된 적도 있다. 하지만 그런 일은 집안일을 전문적으로 하는 사람이나 가사 평론가에게 맡길 일이다.

어쨌든 집안일을 간소화해서 시간을 만들어내는 일, 즉 집안일로부터 해방되는 것이 전후 주부들의 커다란 과제였다. 전자제품의 보급으로 겉에서 보기에는 주부들의 문제가 해결된 듯 보이지만, 그렇다고 해서 시간 활용이 좋아진 것은 아니다. 하루하루의 시간을 조금 더 현명하게 쓸 수 있는 방법은 없을까.

직장 선배 중 한 사람은 사회인으로 대학에 입학해서 졸업을 맞았다. 그는 공부할 시간을 만들기 위해서 집안일을 하면서 동시에 중국어와 영어 등 외국어를 공부하는 방법을 썼다고 한다.

1초도 낭비하지 않고 시간을 현명하게 쓰는 사람도 있지만, 나는 가만히 있는 것을 좋아하는 탓에 아무리 하려고 해도 몸은 물론이고 머리도 빨리 돌아가지 않는다. 저마다 각자에게 맞는 페이스가 있기 때문에 초조해할 필요는 없다. 다른 사람의 흉내를 낼 필요도 없다. 다만 빈둥거리면서 집안일을 해서는 평생 자신의 시간을 만들 수 없다. 그렇다면 시간을 만들기 위해서는 어떻게 해야 하는가.

우선 집안일과 전업주부의 성질을 잘 파악해야 한다. 집안일은 상당히 어렵다. 물리적으로 어려운 것이 아니라 정신적인 면에서 어렵다.

왜냐하면 영원히 끝이 보이지 않는, 끝이 없는 일이기 때문이다. 노동량 자체는 크게 단축되었지만 정신적으로는 아직 해결되지 않은 부분이 있다.

예를 들어 회사에 근무하거나 파트타임으로 일하면 어느 쪽이든 일하는 시간은 하루에 몇 시간으로 정해져 있어서 5시 반이나

6시가 되면 일이 끝난다. 8시간이나 9시간 정도는 매어 있어야 하지만 일이 끝난 뒤에는 모두 자신의 마음대로 보낼 수 있다.

하지만 전업주부의 경우에는 모든 시간이 자신의 시간인 것 같으면서도 자신의 시간이 아니다. 식사준비만 해도 그렇다. 아침을 준비해서 식사를 하고 나면 바로 점심때가 되고 점심을 먹고 나면 다시 저녁을 준비해야 한다. 한 끼라도 뒤로 미룰 수는 없다. 밤이 지나고 잠이 깨면 어느새 아침이다. 그러다보면 하루 세 끼 식사를 챙기는 것으로 하루가 다 간다. 하루뿐 아니라 평생 같은 일을 되풀이하다가 끝날지도 모른다. 그것을 깨달았을 때 형용할 수 없는 허탈감이 엄습한다.

우리도 자칫 하다가는 쳇바퀴를 도는 다람쥐와 마찬가지 꼴이 되고 만다. 쳇바퀴 속에서 달리다가 끝나는 것이다.

다람쥐조차도 이따금씩 서서 무엇인가를 생각하는 것을 보면 사람은 좀더 생각할 필요가 있다는 생각이 든다. 전업주부의 일은 정신적으로 쉴 틈이 없고 끝이 없지만 그렇기 때문에 더더욱 어느 시점에서 스스로 마무리할 필요가 있다. 언제까지고 집안일에 끌려 다닐 것이 아니라 스스로 어느 시점에서 끝을 맺고 자신의 시간을 만들어야 한다.

나도 프리랜서로 내 일을 하고 있지만 동시에 주부이기 때문에 빈둥거리면서 집안일을 하다보면 시간이 훌쩍 지나가고 만다. 어느 시점에서 끝을 맺고 내 자신의 일을 하지 않으면 안 된다.

그래서 나는 시간에 대한 생각을 반대로 해볼 것을 권한다. 대체로 집안일을 한 뒤에 남는 시간으로 무엇인가를 하려는 경향이 있는데, 그런 지금까지의 생각을 우선 버려야 한다. 시간은 주어지는 것이 아니다. 시간은 만드는 것이다.

우선 하루 24시간 속에서 자신이 무엇인가를 하기 위해 필요한 시간을 뺀다. 과자를 만드는 시간이든 책을 읽는 시간이든 영어회화를 배우는 시간이든 무엇이든 상관없다. 그것을 하는 데 필요한 시간을 먼저 빼는 것이다. 그리고 남은 시간으로 집안일을 하겠다, 라고 발상 자체를 바꾸어야 한다. 하고자 하는 일을 먼저 해놓고 남은 시간을 가지고 지금까지 해온 것처럼 집안일을 하는 것이 어려울 것 같지만, 그렇게 되면 요령도 생기고 일을 보다 효율적으로 하게 된다. 그 밖에도 생활에 자극이 되는 일이나 해야 할 일을 하면 그것을 하기 위해서라도 시간을 보다 효율적으로 활용하기 때문에 일하는 속도가 빨라진다.

바쁜 사람일수록 일을 많이 하는 것은 주어진 시간은 같지만 일을 단독으로 이해하는 것이 아니라 상호 작용으로 자극을 주도록 계획을 세우고 효율적으로 시간을 활용하기 때문이다. 그렇게 훈련이 되어 있는 것이다. 그렇기 때문에 한 가지 일이 원활하게 돌아가기 시작하면 전체도 원활하게 돌아간다.

나도 해야 할 일을 먼저 끝낸 뒤에 남은 시간으로 집안일을 하거나 다른 일을 하는데, 그러면 자연히 시간의 효율이 좋아진다. 그렇게 하지 않으면 나는 게으른 편이어서 하루 종일 아무 일도 하지 못하고 보내게 될 것이다.

33

단, 주부는 게을러서는 안 된다

때로는 게으름을 부리자

당신은 현모양처를 연기하고 있지는 않은가. 다른 사람에게 현
모양처라는 말을 듣고 싶어 하지 않는가. 만약 그렇다면 그 탈이
벗겨지는 것이 30대이다.

20대에는 나름대로 현모양처가 되려고 노력하지만, 일단 요령
을 터득하고 여유가 생기면 지금까지 열심히 해온 일이 왠지 멍
청하게 생각된다. 도대체 누구를 위해 이런 일을 하고 있는가, 하
는 생각이 들기 시작하는 것이다. 스스로는 자녀나 남편을 위해서
하고 있다고 생각하지만 상대방은 그렇게 말해주지 않는다.

그리고 마침내 슬슬 손을 빼고 싶어진다. 열심히 일해 온 피곤이 한꺼번에 몰려온다. '이제 됐어. 어떻게 생각하든 상관없어. 좋은 아내, 좋은 엄마 흉내는 이제 지쳤어.'라고 말하고 싶어진다.

나는 집안일을 적당히 하는 것은 괜찮다고 생각한다. 무슨 일이든 완벽하게 한다는 것은 불가능하고 완벽하게 해내는 사람을 보면 오히려 답답한 생각이 든다. 함께 사는 남편이나 자녀도 너무나 완벽해서 틈이 없는 아내나 어머니보다 어딘가 부족하고 애정이 가는 사람에게 친근감을 느낄 것이다.

그래서 30대에는 어깨의 힘을 빼고 자신의 속도를 스스로 터득해가야 한다. 내가 존경하는 어떤 사람은 자신의 속도를 유지하는 것이 무척 능숙하다. 몸이 약한 사람은 약한 대로 자신의 속도를 만들어가면 된다.

나는 어렸을 때 2년 동안 거의 학교에 가지 못했을 정도로 몸이 약했기 때문에 지금도 절대로 무리하지 않는다. 적어도 수면시간만큼은 제대로 지키려고 노력한다. 가능하면 8시간을 자고 부족한 시간은 자동차나 열차나 비행기에서 수면을 취한다. 그렇게해서 오랫동안 불규칙한 생활에도 견뎌왔고 어디에서든 잘 자는 버릇이 들었다. 주위 사람들은 그런 나를 보고 '터프하다'고 말하지만, 나는 나름대로 세심하게 주의를 기울이는 편이다. 그렇게 하지 않으면 정상적인 생활을 유지할 수 없기 때문이다.

그래서 어느 한 시점에서 적당히 하는 것에 대해서는 대찬성이다. 언제 어느 때 아이가 병이 나지 않으라는 법이 없기 때문에 주부는 힘을 조금은 남겨두는 것이 좋다.

다만 적당히 한다는 것에는 전제가 있다. 주부의 입장에서 최소한 자신이 해야 할 일은 끝내야 한다. 무슨 일이든 완전히 포기하는 것과 적당히 하는 것은 다르다.

예를 들면 요즘은 외식산업이 발달하고 반찬가게가 등장하면서 직접 음식을 만들려는 생각조차 하지 않는 사람이 늘고 있다. 그런 것은 적당히 하는 것이 아니라 포기다. 만약 전업주부가 그렇게 하고 있다면 그 사람은 주부를 그만두어야 할 것이다.

내가 운동부족을 해소하기 위해 이따금 찾아가는 체조교실에는 주부들이 많다. 자세히 살펴보면 아침 10시부터 오후 4시까지 하루도 빠짐없이 체조교실을 찾는 사람이 있다.

남편과 자녀도 있는 전업주부가 체조교실을 찾는 이유는 시간이 많은데 반해 할 일이 없기 때문인 것 같았다. 오후 4시까지 체조교실에 있는 것은 남편의 귀가시간을 맞추기 위한 것이다.

한가하다, 할 일이 없다고 말하는 그런 부류의 주부들은 체조교실에 마련된 사우나에서 이웃의 소문을 수군거리거나 정보를 교환한다.

그리고는 "요즘 자주 다니는 반찬가게가 있는데 아주 좋아. 값도 싸고 맛있고."라고 말하는 것이 고작이다.

옆에서 들어보니 일주일간의 메뉴가 정해져 있어서 그 반찬가게에서 만든 음식을 배달해주는 것 같았다. 결국 음식을 직접 만들지 않는다는 얘기이다.

그런 이야기를 듣고 있으면 슬퍼진다. 이따금 그런 반찬가게의 음식으로 적당히 해치우는 것은 좋다. 하지만 전업주부가 음식 하나 만들지 않고 모든 것을 남이 만들어놓은 것으로 때운다는 것은 자신의 자리를 포기한 것과 다름없다. 그렇게 만든 시간을 이용해서 자신만의 삶을 찾기 위한 무엇인가를 하는 것은 괜찮다. 하지만 그 시간을 단지 사우나나 소문을 이야기하는데 들인다는 것은 주객전도이다.

그런 사람을 보면 '그런 정신으로 체조를 해서 당신이 살을 뺄 수 있다면 한 번 보고 싶다'고 비아냥거리고 싶어진다.

내 주변을 돌아보아도 일을 하는 여자들은 집안일을 적당히 하는 경우는 많지만, 그 대신 시간이 있을 때는 정성들여 직접 요리하는 사람이 많다. 결코 만들어진 반찬으로 적당히 때우지 않는다.

전업주부의 경우에는 그것이 일의 전부이고 의무라는 점에서 그곳에서 빠져나오고 싶어 하는 마음도 없지 않을 것이다. 그러나 가끔 적당히 한다면 나름대로 의미가 있겠지만 모든 것을 적당히 해서는 아무것도 되지 않는다.

열심히 음식을 만드는 날도 있고 간단히 끝내는 날도 있고, 맛있는 것을 찾아서 사는 날도 있고 외식을 하는 날도 있으면 된다. 그렇게 생활의 패턴을 바꾸어 가면 변화도 생긴다.

집안일이 지겨워지지 않으려면 스스로 연구하지 않으면 안 된다. 모든 것을 다른 사람에게 맡긴다면 오히려 무엇을 해야 좋을지 판단이 서지 않고 남아도는 시간을 감당하지 못하기 때문에 생활자체, 살아있다는 것 자체에 권태를 느끼게 될 것이다.

34

주부는 가정의 지휘자

강요하지 않는 가사분담 방법

가사분담에 관한 내용은 2장과 3장에서도 소개했다.

집안일이라고 해서 무슨 일이든 주부 혼자 끌어안기보다는 남편과 자녀에게도 분담시킬 필요가 있다.

그 경우 주의해야 할 것은 남편과 자녀가 집안일을 분담함으로써 주부가 노는 듯한 인상을 주어선 안 된다는 것이다.

"엄마는 우리에게 집안일을 시키고 텔레비전만 봐!" "쇼핑만 다녀." 하는 불만이 나오면 실격이다.

남편이나 자녀가 도와준 것을 계기로 주부가 활기를 찾고 새롭게 공부를 시작한다면 남편과 자녀도 집안일을 돕는 것에 대해 불평하지 않을 것이다.

남편은 대부분 일이 바쁘다는 이유 때문에 집에서는 아무것도 하려고 들지 않는다. 피곤해하는 남편에게 가사분담을 강요하면 오래가지 못하고 불만이 터져 나온다. 그것보다는 남편이 가정에서 그 일을 함으로써 기분을 전환할 수 있는 일, 즐기는 일을 찾아주는 것이 좋다. 남편이 할 수 있는 일은 대개 평소 남편의 행동을 보면 알 수 있다. 화초 돌보는 일을 좋아하는지, 공구 만지는 일을 좋아하는지, 청소를 좋아하는지 살펴보자.

자녀도 마찬가지이다. 자녀가 학원에 다니거나 입시를 준비하는 경우, 집안은 잠자리만 제공하는 호텔이 된다. 부모 쪽에서도 공부만 하면 아무것도 해주지 않아도 좋다고 말할 정도로 자녀를 종기 다루듯 하지만 아이들에게는 그것이 오히려 더 답답하다.

아이들이 기분을 전환할 수 있도록 사소한 일이라도 함께 하는 것이 좋다. 게다가 자녀가 가족의 일원임을 자각할 수 있도록 분위기를 만들 필요가 있는 것이다.

어머니들은 자녀가 방에만 있으면 공부한다고 생각하고 안심하지만, 통계에 따르면 가장 많은 수가 '만화책을 읽는다'이고, 최근에는 부모들이 기대하는 것과 달리 게임 등 공부와 거리가 먼 것들을 한다.

그런 의미에서도 주부는 가정에서 지휘자가 될 필요가 있다. 남편이나 자녀의 취향이나 습관을 잘 파악하고, 지휘봉을 써서 각자가 자신 있어 하는 일을 할 수 있도록 도와야 한다. 그것은 의식주를 포함한 모든 집안일에서 가능하다.

　어머니가 자녀의 기분만 맞추거나 어떻게든 공부만 하라고 하는 것은 자녀로 하여금 가정의 일을 포기하도록 만드는 것이기 때문에 결과적으로 가정 내 폭력을 키운다. 내가 사춘기를 보내던 시기에 나의 어머니는 과보호 속에서 자란 내 기분을 맞추기에 급급했다. 나는 그런 어머니의 태도가 늘 불안했고 견딜 수 없었다. 그것은 결과적으로 반항할 수밖에 없는 원인으로 작용했다. 어머니가 어머니의 입장에서 좀더 의연했으면 싶었다. 오히려 자식에게 제대로 명령할 수 있는 힘을 가졌으면 좋겠다고 생각하곤 했다.

　아내로서 혹은 어머니로서 자신의 입장을 확고하게 갖고 있는 모습은 믿음직스럽다. 주부는 그렇게 든든한 버팀목이 되어주면 되는 것이다. 30대를 지나면 한 집안을 지휘하는 지휘봉을 휘두를 수 있는 존재라는 느낌이 자연히 몸에 배이길 바란다.

　그런 바탕 위에서 남편이나 자녀에게 분담된 가벼운 집안일은 가족의 결속을 다지도록 도와줄 것이다. 이 경우 결코 남편에게만 혹은 자녀에게만 가사를 분담시켜서는 안 된다. 남편과 자녀 모두 가족의 일원으로서 당연히 해야 한다는 생각을 심어주고 협력하는 습관을 들이는 것이 좋다. '남편은 바쁘니까' '남편은 아무것도 못하니까' 라고 생각하고 모든 것을 주부가 해주면 자녀도 당연히 어머니가 해줄 것이라고 생각한다.

또한 자녀를 남자아이와 여자아이로 구별해서 할 일을 정하는 것은 옳지 않다. 남자아이가 음식 만드는 일을 좋아하는 경우도 있고, 여자아이 쪽이 설계나 인테리어에 흥미를 갖는 경우도 있고, 그것은 모두 개인에 따라서 차이가 있다. 성으로 나누어서 가사를 분담시키는 것은 바람직하지 않다.

가족 모두가 가사를 분담한 결과, 주부가 지금까지 하고 싶어하던 공부를 시작하거나 진지하게 일을 한다면 남편이나 자녀도 반드시 이해해줄 것이다. 놀기만 해선 안 되고 적당히 해서도 안된다.

최근 교육계에서 보고 된 바에 따르면 아침을 먹지 않거나 먹더라도 혼자 먹는 아이가 많아서 피로를 쉽게 느끼거나 쓰러지는 일이 잦다고 한다.

저녁도 혼자 먹는 아이들이 있다. 그 이유를 듣고 나는 놀랐다. '엄마가 텔레비전을 보느라 바빠서'라는 것이다.

이 정도가 되면 주부로서 자신이 해야 할 일을 포기한 것과 다름없다. 자신은 텔레비전을 보고 아이에게는 집안일을 도와달라고 하는 것은 말도 되지 않는다. 텔레비전을 보면서 식사준비도 하지 않는다면 어머니는 도대체 무엇을 하는 존재인가.

만일 어머니가 아침 일찍 출근해야 하는 처지여서 식사준비를 하지 못한다면, 아이는 부모가 일하는 모습을 보면서 자연스럽게 부모를 돕거나 스스로 식사를 챙겨먹는 등 적극적으로 문제를 해결해 갈 것이다.

가사를 분담해서 만들어진 시간을 어머니가 어떻게 지내는지, 아이들은 똑똑히 보고 있다.

자녀나 남편이 이해할만한 이유를 찾을 수 있는가 없는가, 그만큼의 설득력을 주부가 가지고 있는가 어떤가는 주부 자신에게 달려 있다.

35

집안일도 문화계승

친정어머니와 시어머니의 지혜를 배우자

요즘 나이든 사람들의 지혜를 재평가하는 책들이 출간되고 있다. 한때는 무엇이든지 새로운 것에 편승해서 옛 것을 버리려는 경향이 있었지만, 최근에는 그것에 대한 반성이 여기저기에서 나타나고 있다. 즉 지금은 노인이 된 사람들의 지혜를 재평가하고 있다.

음식 하나만 해도 그렇다. 한때 서구형 식사가 유행했지만, 최근에는 대대로 전해지고 있는 '어머니의 손맛'이 재평가되고 있다. 뜸부기나물, 비지를 비롯해서 조린 무나 콩의 맛이 영양 면에서도 재평가되고 있는 것이다. 그런 것을 가정에서 전승하는 것이 문화라고 나는 생각한다. 그렇기 때문에 자신의 부모의 손맛, 또는 시어머니의 손맛을 대물림하는 것은 나쁜 일이 아니다.

나의 친정어머니는 정월이면 연어 대가리의 연골부분으로 초무침을 만드셨고, 시어머니는 죽순, 버섯, 당근 등을 넣은 볶음요리를 즐겨 만드신다. 그 음식들은 다른 곳에서는 맛볼 수 없는 독특한 맛이어서 반드시 배워보려고 생각하고 있다.

집안일을 전승하는 것은 정말 중요하다. 지금 시대에서 보아 낡았다고 생각하고 버리는 것은 바람직하지 않다. 오히려 잘 듣고 배워서 손해 볼 것이 없다.

야채 보존법을 예로 들어보자. 냉장고가 꽉 찬 경우, 야채를 난방이 잘 되는 실내에 놓아두면 야채는 금방 상한다. 과거에는 집에 마루나 토방이 있어서 놓아둘 곳이 있었지만, 요즘 집에는 그런 공간이 없다. 그런 경우, 정원의 한쪽 구석을 파고 파나 뿌리채소를 흙에 묻어두면 좋다는 말을 어머니가 해주신 적이 있다. 옛날에는 야채를 보관하는 광이 있어서 겨울 동안에는 그곳에서 야채를 보관했다고 한다. 지혜는 나이를 먹은 사람을 따라갈 수 없다.

젊을 때는 무엇이든 서양식의 새 것을 좋아하지만, 30대가 되면 전통적인 것의 장점이 보이기 시작하고, 가까운 친정어머니나 시어머니가 말하는 것이 일리가 있음을 알게 된다. 순수한 마음으로 귀를 기울여서 좋은 부분은 자신의 생활 속에서 실천해보는 것도 좋다.

물론 과거의 생활과 지금의 생활은 상당한 차이가 있다. 모든 부분에서 과거의 것이 좋다는 것은 아니지만 귀 기울여서 들어보면 뜻하지 않았던 생활의 지혜를 얻는 경우가 많다.

특히 옛날에는 지금처럼 과학이 발달하지 않았기 때문에 자연 속에 있는 것을 지혜롭게 생활 속에 받아들였다. 여름에는 시원하게 지내기 위해서 냉방기구가 아닌 풍경(風磬)이나 발을 써서 청각이나 시각적으로 더위를 쫓았다. 이런 지혜를 배워보는 것은 어떨까. 철이 바뀌면 그 계절에 맞는 옷으로 갈아입거나 햇살이 좋은 날 옷이나 책을 널었던 것도 그 나름의 의미를 지니고 있었다. 특히 아파트의 경우에는 곰팡이가 생기기 쉬워서 건조한 날에 의류를 말리는 것도 중요한 지혜의 하나이다.

집의 구조도 그렇다. 집을 지을 때는 반드시 바람이 지나는 길을 생각해서 지었고, 거실만 해도 단지 소파세트만 놓으면 되는 것이 아니라 언제든지 넓게 쓰거나 나누어 쓸 수 있도록 장지문을 설치했다. 그리고 실내에 햇볕이 들도록 들창을 내서 쓰기도 했다. 그런 부분들을 재조명해보는 것도 필요하다.

20대에 나는 젊은 마음에 서양 양식을 고집했지만, 30대를 지나면서부터는 자연을 생활 속에 채용한 놀라운 지혜에 압도되었다.

그 뒤로는 완전히 뒤바뀌어서 오히려 내 쪽에서 어머니에게 옛날이야기를 묻게 되었다. 내가 이런 경우에는 어떻게 했는가, 어떻게 하는 것이 좋은가, 라고 물으면 어머니는 그 자리에서 대답해주시곤 하셨다.

그런 지혜가 오랜 세월 동안 각 가정에서 이어져 내려왔는데 요즘에 와서 완전히 단절된다는 것은 큰 손실이 아닐 수 없다.

당신 가까이에 있는 지혜를 다시 한 번 되돌아보기 바란다. 평소에 흘려듣던 말 속에서 생각지도 못했던 지혜를 찾을 수 있을지도 모른다.

이전에는 흔히 가풍이라는 것을 말했다. 가풍이란 한 집안의 삶의 방식이다. '가풍에 맞지 않는다'는 말은 집안의 격식을 내세우는 듯한 느낌이 들고 차별을 두는 듯한 느낌이 있지만, 가풍은 삶의 방식, 즉 집안일을 할 때 활용할 수 있는 지혜라고 생각하면 그 나름대로 의미가 있다.

지금은 삶의 방식이 어느 집이나 같아서 평균화되어가는 듯한 느낌이 든다. 한두 가지라도 집안 대대로 이어져 내려오는 것이 당신 집에는 남아 있는가. 친정어머니나 시어머니에게 물려받은 것을 실생활에서 활용하고 있는가. 만약 집안 대대로 물려오는 미풍양속이 있다면 그것을 자녀에게 물려주는 것은 어떨까. 어떤 사소한 것이라도 좋다. 그것이 있는 집은 문화가 있다고 말할 수 있다.

유럽에서도 어머니는 자녀에게 칼 쓰는 방법이나 포토페(쇠고기 덩어리와 당근, 양배추를 소금으로 간해서 끓인 프랑스 요리-옮긴이)를 만드는 법, 자연의 맛을 자녀에게 대물림한다. 집안일은 문화다.

chapter 8

앞으로의 인생을 설계하는 살림살이 비결

◆ 30대부터 시작하는 가계 설계와 저축

36

가정을 움직이는 지혜

살림살이를 잘하는 가계에는 **활기**가 있다

  20대에는 값이 싸더라도 유행하는 것이 어울린다. 유행을 좇아 몇 번 입지 못하는 것이라도 유행하는 옷을 사고, 몇 번 입다가 버리고 또 다른 것을 산다. 하나를 사더라도 계절마다 구입해서 입는 것이 더 젊게 보인다. 젊은 사람이 값비싼 옷을 입고 다니면 오히려 나이가 들어 보인다.

  하지만 30대에 접어들면 물건을 사는 방식이 달라진다. 30대에는 유행을 좇기보다 가계를 생각해서 계획적으로 사는 것이 중요하다. 내가 권하는 쇼핑 방법은 '좋은 것을 적게 사는 것'이다. 나는 조금 비싸더라도 품질이 좋은 것, 격식을 갖춰 입을 수 있는 것을 산다. 가장 현명한 방법은 철이 지난 것을 할인가격으로 사는 것이다.

이 경우 세일을 위해 만들어진 물건에 현혹되지 말고 평소에 정가가 붙은 물건을 눈여겨 보아두었다가 싸게 사는 것이 좋다. 그리고 검정색이나 흰색, 베이지색, 회색 등의 품위 있고 질리지 않는 옷감으로 좋은 것을 고른다. 나는 구두나 옷을 살 때는 그런 방법으로 대개 평소 가격의 절반 가격으로 좋은 것을 산다.

나는 대학시절 이후로 거의 체형이 바뀌지 않은데다 그때부터 장식이 적은 심플한 것만 샀기 때문에 지금도 충분히 입을 수 있다.

특히 서른 살이 넘은 다음부터는 유행을 쫓기보다 질이 좋고 차분한 느낌의 옷을 샀다. 그런 옷은 쉽게 질리지 않을 뿐 아니라 액세서리로 변화를 주면 새로운 느낌이 들고 세련되어 보인다. 그 대신 값이 싸고 질이 좋지 않은 것은 사지 않는다. 조금 비싸더라도 좋은 것을 산다.

'싼 게 비지떡'이라는 말도 있듯이 싼 것을 충동적으로 구매하면 대개 몇 번 입지도 않아서 질리고 결국 입지 않게 된다. 그렇기 때문에 나는 되도록이면 충동구매는 하지 않는다.

충동구매를 하지 않기 위해서 나는 괜찮은 가게가 있으면 그곳의 점원이나 점장과 친해진다. 단골이 되면 내가 고른 옷을 일주일 정도 '별도로' 확보해주기도 한다. 그 기간 동안 잘 생각해서 다시 한 번 물건을 본 후에 사면 후회하는 일은 없다.

비싼 것을 사더라도 결국은 그 쪽이 경제적이다. 질리지 않고 언제까지고 입을 수 있기 때문이다. 서른 살을 넘으면 20대 때와 같은 기분으로 쇼핑을 해선 안 된다. 품질이 좋지 않으면 속까지도 싸구려로 보이기 때문에 조금 사더라도 좋은 것을 사는 것이 낫다. 양보다 질이다.

그렇기 때문에 나는 백화점의 할인행사나 세일용 상품을 늘어놓은 곳에는 가지 않는다. 가면 나도 모르게 충동구매를 하기 때문이다. 게다가 값이 싸면 이것저것 고르기 때문에 결국 많은 돈을 쓰고 만다.

백화점에서는 여자 고객을 봉으로 본다고 한다. 그것은 여자들이 가격표에 속아 이것저것 사들이기 때문이다. 여자들에게 있어서 쇼핑은 필요한 것을 사는 행위뿐 아니라 스트레스를 해소하기 위한 방법이기도 한다. 남자들은 스트레스가 쌓이면 술을 마시거나 오락을 하고 골프를 치거나 노래방에서 노래를 부르는 등 다양한 방법으로 스트레스를 해소한다. 하지만 여자들의 경우에는 대부분이 쇼핑을 한다고 한다.

그뿐 아니라 자신의 것을 사면 기분전환이 되기 때문에 남편이나 자녀에 대한 불만을 쇼핑으로 달랜다. 따라서 자신의 생활에 만족하는 듯 보이는 주부는 냉정하게 필요한 물건을 사지만, 불안하게 보이는 주부는 점원이 잘만 권하면 솔깃해서 사들인다.

따라서 자신의 마음 상태가 불안한 것 같다고 생각되면 쇼핑은 하지 말아야 한다. 쇼핑 이외의 스트레스 해소법을 찾는 것이 좋다.

양복이나 구두, 가방, 도자기, 가구 등 오래 쓸 수 있는 것들은 좋은 것을 적게 사는 것이 좋지만, 생활용품은 다르다. 가능하면 많은 양을 싸게 사는 것이 좋다. 예를 들면 속옷이나 화장실 휴지, 티슈 등이 그렇다. 좋은 것을 적게 구입할지, 싸게 많이 구입할지를 잘 구분해서 구입하는 것이 살림을 잘하는 비결인 동시에 가계의 살림살이를 좌우한다.

아이들은 싸더라도 유행하는 것을 좋아한다. 아직 어리기 때문에 싼 것을 잘 맞춰서 입히는 것이 현명한 방법이다. 구태여 정가로 파는 것을 살 필요는 없다. 정가로 파는 것과 싼 가격에 파는 것을 구분해서 구입하면 가계가 산다.

식품을 살 때도 평소에는 절약해서 영양가 높은 것을 싼 가격에 사는 것이 좋고, 사온 것은 썩지 않도록 하고 남은 것을 잘 활용해서 먹는 연구가 필요하다.

그 대신 한 달에 한 번, 적어도 세 달에 한 번 정도는 비싸더라도 맛있는 것을 먹자. 그럴 때는 돈을 아끼지 말아야 한다.

또한 일년에 한 번 정도 여행을 계획하고, 여행지에서는 지나치게 아끼기보다 과감하게 쓰는 것도 기분 좋게 여행하는 비결이다. 그 대신 휴일마다 외출하는 것은 삼가고 집 근처를 가족과 함께 산책하는 것은 어떨까 싶다.

가계에 활기를 불어넣으면 생활에도 활기가 살아난다.

6장 앞으로의 인생을 설계하는 살림살이 비결

37

고령화 사회는 남의 일이 아니다

보험이나 연금은 준비되어 있는가?

요즘 뉴스를 보더라도 고령화 사회를 실감한다. 평균 수명은 해마다 높아져서 여자의 경우, 여든 살을 훌쩍 넘어섰다.

장수한다는 것은 좋지만 그것도 경제적인 뒷받침이 있을 때 비로소 기뻐할 수 있는 일이고, 경제적으로 불안하다면 장수도 기쁜 일만은 아니다. 이제는 늙더라도 옛날처럼 자녀들이 노후를 보살펴주는 것을 기대하기 어렵고, 스스로 자신을 돌보는 시대이다.

최근의 통계를 살펴보면 노후에 자녀와 함께 살겠다는 사람도 많지 않고 자녀에게 도움을 받으려고도 생각하지 않는 것 같다.

남편과 둘이서 살고 싶다고 생각하는 사람이 많다. 따라서 노후에 대해서는 부부가 반드시 생각해 두지 않으면 안 된다.

공적인 것과 사적인 것을 포함해서 연금제도라는 것이 있다. 나라의 연금제도는 몇 가지 문제를 안고 있어서 언젠가는 개정될 것이다. 개정이라고 부를 것인지 개악이라고 부를 것인지는 저마다 다르겠지만, 지금보다도 상황이 악화될 것은 틀림없다. 왜냐하면 지금 상태대로라면 몇 년 뒤에는 파산이 불 보듯 뻔하기 때문이다.

그렇기 때문에 재정이 바닥나기 전에 지급 연령을 늦추고 불입금을 비싸게 해서 어떻게든 붕괴를 막으려고 하고 있다. 고령자는 점차 늘어만 가는 추세인데 반해, 그 비용을 부담할 젊은 사람의 수는 전혀 늘어나지 않기 때문이다.

지금의 연금제도는 노인의 연금을 젊은 사람들이 부담하는 형태다. 과거처럼 부모를 직접 돌보는 대신, 연금이라는 형태로 돌보는 것이다. 그만큼 젊은 사람의 부담이 늘어나는 셈이다.

수입이 많지 않은 젊은 사람들의 경우에는 가계 부담이 클 수밖에 없지만, 그렇더라도 나이 든 노후를 위한 것이라고 생각하는 것이 좋다. 연금은 그 비용을 젊었을 때 지불하는 것이지만, 만약 그렇게 하지 못해서 제도가 붕괴된다면 어쩔 수 없다.

따라서 누구나 젊었을 때 노인의 경제적인 부담을 짊어져야 한다는 생각으로 연금이나 보험을 이해하고 가정의 장래를 생각해 볼 필요가 있다.

30대에 노후 생활이나 자신이 나이 들었을 때를 생각한다는 것은 누가 생각해도 현실감이 떨어질 것이다. 하지만 특히 연금이나 보험은 젊었을 때 생각해두는 것이 좋다. 보험이나 연금은 젊을수록 불입금이 적다. 주부는 남편의 퇴직 후, 또는 장래에 자신이 혼자가 되었을 때를 생각해둘 필요가 있다.

20대는 이르다고 해도 30대가 되면 구체적으로 생각해보는 것은 결코 손해가 아니다. 그렇다면 가계의 몇 퍼센트 정도를 노후 설계에 써야 할까. 쉽지 않은 일이지만 무리하지 않는 범위 내에서 가능한 많은 액수를 할애하는 것이 좋다.

나는 요즘 종종 고령화 사회의 문제와 관련된 심포지엄에 참석하는데, 참가자들의 관심에 놀라곤 한다.

하지만 그 모임에 참가하는 사람들은 대부분이 노인들로, 현재 연금 수혜자들이다. 그 외에는 퇴직을 얼마 남겨두지 않은 50대가 많다. 결국 퇴직을 코앞에 둔 시점이 되어서야 불안을 느끼고 그때까지 눈감아온 일을 알아야 한다는 심경으로 찾은 것이다.

솔직히 말하면 그렇게까지 나이가 든 이후에는 이미 늦는다. 자신이 연금이나 보험을 들어 불입금을 지불하고 있는 동안, 그것도 젊고 건강할 때 자신이 불입하는 돈이 어떻게 쓰이고 자신에게 어떻게 돌아가는지 알아둘 필요가 있다. 또한 연금이나 보험, 혹은 사회보장과 함께 스스로 적금이 가능한 돈을 적금해두지 않으면 안 된다.

그런 비용을 줄이기 위해서는 젊었을 때부터 연금을 부어야 하는 것은 말할 것도 없다. 또한 그런 일을 남편에게만 맡길 것이 아니라 주부가 확고하게 자신의 생각을 가질 필요가 있다.

적어도 자신들 부부 또는 자신이 혼자가 되었을 때를 생각하는 것은 30대라도 이른 것이 아니다.

어떤 연금 혹은 보험을 선택할 것인가, 저축방법을 선택할 것인가는 부부가 함께 충분히 의논한 이후에 자신들의 삶에 맞는 것을 찾으면 된다.

우리 부부의 경우에는 두 사람 모두 일을 하고 있고, 수입도 다르기 때문에 연금이나 보험도 함께 생각하지 않고 따로 따로 가입하고 있다. 나는 아내로서 받는 보장은 아무것도 없지만, 보통의 주부인 경우에는 다양한 보장이 있다. 그런 것을 충분히 알아보고 자신의 장래에 대해서는 직접 생각해두자.

아무리 자녀에게 교육비가 들어가더라도 미래에 함께 살자고 하거나 경제적으로 뒷받침을 받겠다는 생각만큼은 버리는 것이 좋다. 만약 노후에 아들 혹은 딸이 마음을 써준다면 횡재한 것이라고 생각하면 될 것이다.

38

내 집 마련은 주부의 역할

내 집 마련 계획은 준비되어 있는가?

"대출을 받았는데 갚아나가기가 정말 힘들다."라고 한숨짓는 소리를 자주 듣는다. 그 대출금을 갚기 위해서 파트타임이나 일을 시작하는 여성들이 많다. 그만큼 여성들에게는 내 집 마련이 일하는 동기가 되고 있다.

그런 여성은 의외로 활기가 있어 보이고 대부분 재미있게 일을 한다. 어떤 누구도 대출을 갚기 위해서 일하는 것이 비참하다는 인상은 없다. 오히려 드디어 내 집을 가졌다는 기쁨이 느껴질 뿐이다.

밤에 잠자러 돌아오는 남자들보다는 집이 일터인 여성 쪽이 집을 갖고 싶어 하는 것은 당연하다.

요즘 젊은 사람들 중에는 남자들도 집에서 지내는 것을 즐기는 사람들이 늘어나는 추세여서, 남자들도 마찬가지로 집을 갖고 싶어 한다. 과거에는 정부에서도 내 집 마련을 장려했던 때가 있었지만 지금은 앞장서서 임대주택을 장려하고 있다. 하지만 마음대로 할 수 있는 자신의 집을 갖는다는 것은 많은 사람들이 바라는 일이기 때문에 현실은 정부가 주도하는 대로 되지 않는다.

최근 들어 정부가 임대주택을 장려하는 이유는 도쿄와 같은 대도시에서는 더 이상 내 집 마련 정책을 펴지 못할 정도로 토지가 부족하기 때문이다. 그래서 발 벗고 임대주택을 권하는 상황이지만 서민 쪽에서 보면 집을 빌리는 것도 비싼 것은 마찬가지다. 게다가 매달 똑같이 돈을 지불하는 거라면 조금 더 노력해서 내 집을 마련하는 것이 낫다.

내가 어렸을 때만 해도 주택난이 심각하지 않았기 때문에 싼 가격에 좋은 집을 얼마든지 빌릴 수 있었다. 우리 집은 아버지가 전근이 잦았던 탓에 언제나 세를 들어 살았는데, 그동안 살았던 집은 모두 추억이 있다. 아버지도 무리해서 집을 사려고 하지 않았던 것은 이유가 있었다. 도시에 부모님의 집이 있었고, 장남이었던 아버지는 언젠가는 그 집으로 들어갈 생각을 했던 것 같다.

젊은 동안에는 셋집을 옮겨 다니는 불편은 있지만, 집집마다 분위기가 달라서 새로운 기분이 들고 좁은 아파트 생활도 즐겁다. 하지만 자녀가 생기면 방도 더 필요하고, 좁은 아파트의 경우에는 아이가 있는 사람에게 빌려주려고 하지 않는 곳이 많다. 그렇기 때문에 내 집 마련을 생각하게 되는 것이다.

게다가 노후문제까지 생각하면 자녀들이 노후생활을 책임져주지 않기 때문에 살 곳만이라도 있는 것이 낫다.

그래서 30대가 되면 자신의 집을 생각하지 않으면 안 된다. 나이가 들어 집을 가지려고 하면 늦는다. 아파트에 사는 것이 불편하지 않은 사람은 아파트도 좋고, 단독이 좋은 사람이라면 단독도 좋다. 자신의 기호에 맞게 집을 마련하는 방법을 생각하면 된다.

남편들 중에는 "집은 아직 필요 없다."고 말하는 사람도 있겠지만, 그 문제에 대해서는 '집이 직장'인 주부가 열심히 설득할 필요가 있다.

그러기 위해서는 주부가 우선 설득할 수 있는 정보를 갖고 있어야 한다. 요즘은 찾아보면 얼마든지 주택정보를 얻을 수 있다. 주택을 구입할 의향이 있다면 자신들의 수입 중에서 가능한 범위의 물건을 자주 구경해보는 것이 좋다. 조금 비싸더라도 오래 살수 있고, 자녀를 위한 교육기관이나 의료기관, 쇼핑시설 등 편의시설이 갖추어진 곳이 좋다. 뿐만 아니라 대출금을 상환할 방법과 매달 지불해야 할 이자가 얼마나 되는지 조사해서 비교하고 연구해야 한다. 이것은 주부가 해야 할 일이다.

그런 이후에 남편과 함께 충분히 의견을 나누면 된다. 의견이 모아지면 실제로 직접 가서 확인하고 마음에 드는 것을 찾아보자.

집은 일생을 위한 쇼핑인 만큼 적당히 타협하는 것은 좋지 않다. 나도 두세 번 집을 찾아다닌 적이 있는데, 구조나 가격 면에서 내 자신이 이거다, 라고 생각하는 마음에 드는 것을 찾기까지 대략 1년에서 2년 정도 걸렸다. 이전에 살던 단독 집과 지금 살고 있는 아파트를 살 때도 포기하려고 할 즈음 마음에 딱 맞는 것을 찾았었다. 집을 살펴보고 나서 "이거야!"라는 느낌이 들어 선택했는데, 실제로 살아보니 불편함이 전혀 없었다.

두 곳 모두 친구들이 "아주 잘 골랐다."고 말할 정도로 주거 환경이 좋고, 지금 살고 있는 아파트는 구입하고 얼마 되지 않아서 집값이 1억 엔을 넘었다. 솔직히 집을 찾는 것에 있어서는 일가견이 있다고 자부한다.

나는 일을 하는 틈틈이 직접 집을 보러 다녔다. 집을 구입할 때는 다른 사람에게 맡겨서는 안 된다. 젊은 사람들 중에는 작은 아파트를 사들이는 사람도 있지만, 아파트의 수가 증가한 지금은 위치와 관리상태, 건물 등을 잘 살피지 않으면 팔리지 않는 경우도 있다.

내 집 마련은 소홀히 해서는 안 된다. 물건이나 돈을 마련하는 방법 등도 꼼꼼하게 체크해야 하는데, 특히 대출을 받을 경우에는 기간이 길수록 부담이 적기 때문에 물가상승에 따른 부담을 줄일 수 있다. 그 한 가지만 보더라도 내 집 마련은 젊을 때 시작하는 것이 좋다. 30대는 내 집 마련에 대한 문제가 현실적으로 나타나는 시기이다. 어느 모로 보나 그 준비는 주부가 하는 것이 낫다.

39

달콤한 말에 넘어가지 말자

간편한 대출시대, 그 허점에 주의하자

스물네 살 전후의 젊은 여성들을 만났을 때다. 『스물네 살의 마음 그리기』를 쓰기 위한 취재를 겸한 만남이었다. 그 가운데 연인이 있는데도 결혼하지 못하는 사람이 있었다.

그 사람이 결혼하지 못하는 이유는 다름 아닌 상대편 남성의 어머니가 진 빚 때문이었다. 그 남성의 아버지는 평범한 직장인이었다. 세 명의 자녀들이 대학에 들어갈 나이가 되자, 그의 어머니는 자녀들을 대학에 보내기 위해서 빚을 냈다. 그 전과 똑같은 생활수준을 유지하기 위해서 빚을 졌던 것이다. 처음에는 친척에게 돈을 빌렸는데, 그런 사실을 남편에게는 말을 하지 않았기 때문에 그 돈을 갚기 위해 금융기관에서 또다시 돈을 빌렸다. 그리고 그 빚을 갚기 위해 다시 사채까지 끌어다 쓰는 형편이어서 이자가 점차 눈덩이처럼 불어났다. 가족이 그런 사실을 알았을 때는 천만 엔 가까운 빚을 진 뒤였다.

그 사건 이후 아들도 딸도 모두 어머니를 믿지 않게 되었다. 어머니는 매일같이 사채업자에게 빚 독촉을 받았고 급기야 정신불안 증세를 보였다. 결국 장남인 그가 부모가 사는 곳으로 가서 일을 하지 않을 수 없는 상황이었다. 그 후로 그녀와의 관계는 제자리걸음이었다. 그는 돈이 없기 때문에 전화도 할 수 없었고, 만날 때도 그녀가 직접 갈 수 밖에 없었다. 빚은 가족 모두를 불행하게 만들었다.

빚을 지게 된 원인은 어머니의 허영심 때문이었다. 허영심 때문에 생활비가 늘어나고 그것을 유지하기 위해 빚을 져야 했던 것이다. 남편도 자녀들도 그런 사실을 눈치 채지 못했고, 자녀들은 대학진학을 했다.

돈을 빌린다는 것은 무서운 일이다. 주택담보대출은 물론이고 가능하다면 빚은 지지 않는 것이 좋다. 주택담보대출도 계산해보면 이자가 배가 되기 때문에 가능하면 저리의 장기대출로 가계에 무리를 주지 않는 방법을 찾는 것이 좋다.

현대는 빚으로 사는 시대이다. 월부도 카드를 사용하는 것도 모두 일종의 빚이다. 기일이 되면 자신의 통장에서 대금이 빠져나가지만, 돈을 지불하는 것은 물건을 받은 다음이다.

요즘은 카드 하나면 못하는 것이 없는 시대이다. 나는 가능하면 카드를 쓰지 않는 편인데, 카드가 있으면 현금을 가지고 다닐 필요도 없고 여러 가지 면에서 편리하다. 하지만 돈 없이도 살 수 있기 때문에 현혹되기 쉽고 구입할 때도 크게 망설이지 않는다. 나중에 통장의 잔고가 줄어든 뒤에 비로소 잔고가 줄었다는 생각을 하는 경우가 많은데, 계산해보면 분명히 물건을 구입한 대금이 빠져나간 것이다. 물건을 살 때 돈을 썼다는 느낌이 없기 때문에 자신도 모르게 사들인다.

그래서 나는 가능하면 쇼핑 하는 날은 카드가 아닌 현금을 가지고 나간다. 그러면 갖고 있는 현금의 한도에서 돈 씀씀이를 생각하게 된다.

나는 군인이었던 아버지의 생활습관을 보고 배워서 다른 사람에게 물건을 빌리거나 돈을 빌리는 일에는 더욱 신경을 쓴다. 절대로 빚을 지지 않는다는 것이 내가 세운 원칙이다.

물론 지금 사는 아파트를 살 때도 대출을 받았고, 전에 살던 아파트도 대출을 받아서 구입한 것이었다. 나는 수입이 없을 때도 대출금을 지불할 수 있는 방법을 생각한다. 우리 부부는 둘 다 일을 하기 때문에 대출금을 절반씩 갚고 있는데, 남편은 직장인이기 때문에 회사가 보증을 서주지만 직장인이 아닌 내게는 그런 것이 없다. 그 대신 한꺼번에 목돈이 들어오는 것은 내 쪽이기 때문에 나는 가능하면 대출을 오래 끌지 않고 돈이 들어온 날 바로 지불한다. 급한 경우에는 저축해 두었던 것을 쓰기도 한다.

주부들의 경우 대부분이 경제적으로 남편에 의존하기 때문에 만일의 경우를 대비해서 무리한 빚은 지지 않는 것이 바람직하다. 하물며 남편에게 비밀로 하고 빚을 지는 일은 삼가는 것이 좋다.

마찬가지로 이자에 대한 수많은 유혹에도 주의하는 것이 좋다. 이따금 기사화되곤 하는 기업형 사기 피해를 입은 사람은 노인 다음으로 주부가 많다. 내 친구 중에도 그동안 모은 비상금을 사기로 모두 날린 여성이 있다.

그럴듯해 보이는 이야기에 속아 넘어가는 사람들이 있지만, 이 세상 어디에도 노력을 들이지 않고 쉽게 돈을 버는 방법은 없다. 돈을 버는 일이 그렇게 간단하다면 고생할 사람은 아무도 없다.

집에서 일을 하고 있으면 우리 집에도 돈이나 부동산과 관련된 전화가 하루도 빠짐없이 걸려온다. 대부분 바로 거절하지만 조금이라도 이야기를 듣고 있으면 집요하게 물고 늘어진다. 그런 이야기에 넘어가지 않는 현명함이 필요하다.

또한 가격이 싸다는 상대방의 이야기에 현혹되는 것도 주의하는 것이 좋다. 귀가 솔깃해지는 이야기에는 반드시 조건이 따른다. 무엇보다도 냉정하고 신중하게 생각해야 한다. 30대주부에게는 그 정도의 현명함이 필요하다.

또한 대출금을 갚거나 다른 경제적인 이유 때문에 일을 하는 경우, 들어오는 수입 하나에만 현혹되어선 안 된다. 밤에 일하면 수입은 비교적 많을지 몰라도 복장이 화려해지고 유혹도 많다. 방문판매의 경우, 실적에 따라 많은 돈을 벌 수도 있지만 옷차림이 점차 화려해지고 이번에는 밍크코트를 사들이고, 다음에는 벤츠를 사들이는 식으로 생활수준이 높아지다가 결국 파산하는 경우도 많다.

돈은 그렇게 간단히 손쉽게 들어오지 않는다. 하지만 착실하게 일해서 번 돈은 액수는 적지만 귀하게 쓸 수 있다.

주부인 여성의 경우, 남편의 월급으로 살다보면 돈을 버는 것이 얼마나 어려운 일인지 잊어버리는 사람이 있다. 자신이 일을 해본 뒤에 비로소 돈을 벌기 어렵다는 것을 실감한다. 돈에 쉽게 흔들리기보다 자신들의 삶을 바라보면서 현명하게 쓰자.

40

평균치로는 잴 수 없다

가계의 살림살이는 주부가 해야 할 일

당신은 가계부를 꼼꼼히 적고 있는가. 나는 평소에는 일 때문에 바쁘고 천성적으로 사무적인 일과는 거리가 멀어서 날마다 가계부에 기입하는 일은 잘 못한다.

그 대신 돈을 썼을 때는 받은 영수증을 반드시 정해진 봉투에 넣어둔다. 영수증이 없는 경우에는 종이조각에라도 반드시 적어 놓는다. 남편도 매번 그렇게 한다. 매일 들이는 수고라면 봉투 속에 영수증을 넣는 일뿐이다. 그렇게 모은 것을 한 달에 한 번, 월말에 정리한다. 그렇게 하면 한 달에 얼마를 썼는지 알 수 있다.

그때 공동으로 쓴 것은 지불하지 않은 쪽이 지불한 쪽에게 자기 몫을 낸다. 우리 부부는 그렇게 해서 생활비를 절반씩 부담한다.

이것은 어디까지나 우리 부부의 방식이지만, 그 나름대로 돈을 어떻게 썼는지 알 수 있고 세금을 신고할 때도 영수증이나 쓴 돈을 확실하게 알 수 있다.

집집마다 가계를 운영하는 방법이 있을 것이다. 일반적으로 말하면 가장이 직장인이고 아내가 전업주부인 경우에는 주부가 집안의 살림살이를 확실하게 파악해둘 필요가 있다.

다행히 지금은 월급이 통장으로 들어오기 때문에 수입이 얼마인지 바로 알 수 있다. 게다가 자금 관리를 철저하게 하기 때문에 용돈을 아내에게 타서 쓰는 남편이 많다.

한편에서는 주부도 집안일을 하고 있기 때문에 가사노동의 대가를 돈으로 환산해야 한다는 의견도 있다. 주부의 가사노동을 돈으로 환산하면 한달에 15만 엔 정도라고 한다. 그런 사실을 안 어떤 남편이 15만 엔을 부인에게 주고 큰소리를 쳤다는 이야기가 있다. 그런데 노동의 대가로 15만 엔을 전부 받는다면 모를까 그것으로 생활비도 충당하라는 남편의 말에 부인이 화를 냈다고 한다.

분명한 것은 누군가에게 주부의 대역을 맡긴다면 15만 엔 정도는 지불해야 할 것이다. 그러나 그렇다고 해서 아내에게 15만 엔을 지불한다면 부부관계는 성립되지 않는다. 그런 부분이 어렵다.

그렇다면 남편의 용돈은 얼마로 하는 것이 좋을까. 그것은 사람마다 다르고, 지위나 하는 일에 따라서도 다르다. 남편이 회사나 밖에서 창피를 당하게 해선 안 된다. 그런가 하면 남성들 중에는 아내가 모르는 수입을 갖고 있는 사람도 상당수 있다.

아내 쪽의 용돈도 마찬가지다. 자신이 쓸 수 있는 돈은 얼마나될까. 지나치게 아껴도 안 되고, 낭비를 해서도 안 된다. 결국 기본이 되는 것은 자신에게 삶의 철학이 있느냐 없느냐다.

최근에는 정보가 많아서 무슨 일이든 숫자로 판단하려고 한다. 옆집 부인이 얼마를 썼다, 친구는 더 많다, 라는 식으로 비교하는일은 그만두자. 자신의 가족이 생활하는데 들어가는 돈과 저축해야 하는 돈도 생각해두지 않으면 안 된다. 그 기준은 어디까지나타인이 아니라 자신이다.

숫자로 말하면 최근에는 애정까지도 섹스의 횟수로 남들과 비교하려는 사람들이 있다. 주변에서 일주일에 몇 번 한다는 말을듣고 그것과 똑같이 하고 싶어 하는 것은 정말이지 한심하기 짝이 없다.

숫자로 표시할 수 없는 애정조차도 숫자로 비교하려고 할 정도다 보니 특히 돈과 관련된 것은 평균치를 내서 상대방과 자신의가계를 비교하려는 경향이 있다.

아이들의 용돈문제에서도 그것은 예외가 아니다. 한 달 용돈의 액수를 정한 가정의 경우 다른 집의 아이가 얼마를 받고 있다는 말을 들으면 신경이 쓰인다. 그 가정 나름대로의 방법이 있는데도 말이다.

나는 어렸을 때 용돈을 받아본 적이 없다. 필요한 것은 그때그때 사달라고 했기 때문에 그 이외에는 받아본 적이 없다.

다른 친구들은 용돈을 받아서 사탕이나 과자를 사먹었지만 나는 친구들처럼 사먹을 수 없었기 때문에 사먹는 버릇이 들지 않았다. 지금도 그때의 습관 때문인지 간식이라는 것을 거의 먹지 않고 먹고 싶은 생각도 없다.

부모가 자신의 방법에 대해 확실한 신념을 갖고 있으면 아이는 아이대로 이해한다. 따라서 자녀에게도 자신의 집의 살림을 이해시키는 것이 중요하다. 다른 사람의 흉내를 내지 않도록 교육시키는 것은 주부의 역할이다.

분명한 것은 '지금'을 중요하게 생각하지 않으면 안 된다. 요컨대 지금 원하는 것, 지금 모두가 하는 것을 하는 것이 아니라, 미래를 위한 '지금'을 만들어야 한다. 생활은 '지금'으로 끝나지 않는다. 앞으로도 계속된다. 게다가 미래의 삶이 지금처럼 평온할 것이라고는 누구도 장담할 수 없다. 앞날을 내다보는 가계와 저축을 지금부터 생각해보자.

chapter 9

가정과 일을 양립시키는 비결

◆ 30대부터 시작하는 자신을 살리는 비결

41

자신에게 힘이 되는 일에 빠지자

취미도 활용 여하에 따라 일이 된다

집안일은 일인가 아닌가. 과거에는 분명히 훌륭한 일이었다. 과거에는 여자들이 집안일을 하는 것에 자부심을 갖고 있었다. 하지만 전자제품이 발달한 지금은 전자제품이 사람의 손을 대신해서 가사노동을 하고 있다. 그만큼 주부들이 수고를 덜 수 있는 시대가 된 것이다. 그쯤 되면 집안일을 일이라고 말하기 어렵다.

현대 사회에서 집안일을 일이라고 자부심을 가지고 말할 수 있는 경우는 집안일 중에서 어느 한 가지를 그 분야의 전문가 수준으로 능력을 갖춰서 일로 인정받은 경우다. 앞에서도 이미 이야기했지만 내가 아는 어떤 사람은 집안일 중에서도 과자 만드는 일을 중점적으로 했다. 그는 누구도 흉내 낼 수 없는 맛의 과자를 만들어서 자녀들이 손을 안 탈 정도로 성장했을 즈음에는 근처 빵집에 과자를 납품할 정도로 그 분야의 전문가가 되어 있었다. 그리고 인테리어 디자이너가 된 사람도 있다. 이 두 경우는 집안일 중에 한 가지를 발전시켜서 자신의 일을 개척한 좋은 예다.

다른 예도 있다. 일을 그만 두지 않고 계속해서 경력을 쌓은 사람. 한때 결혼과 출산이라는 장애를 겪어야 했지만 그 어려운 시기를 지나 여전히 열심히 사는 사람. 그런가 하면 전업주부이면서도 아이들에게 영어를 가르치는 개인 교습소를 연 사람도 있고, 피아노를 아이들에게 가르치면서 자신도 피아노 공부를 계속해서 1년에 한 차례 친구들과 발표회를 갖는 사람도 있다.

많은 경우가 있지만, 공통점은 하나같이 한 가지 일에 자신의 관심을 집중시켜서 책임을 다해 일을 하고 있다는 점이다. 나를 포함해서 요즘 주부들은 그런 그들의 모습을 배울 필요가 있다.

단순히 집안일만 하는 전업주부들 가운데는 여가 시간은 생겼지만 오히려 자신의 생활에 만족하지 못하는 사람이 늘고 있다. 그리고 집안일을 하는 것이 자랑으로 내세울 수 없는 경우가 많다. 만약 그것을 자랑으로 여길 수 있다면 그것으로 좋다.

어느 것이든 한 가지라도 좋다. 자신을 비추어볼 수 있는 거울을 갖자. 내 친구 가운데 피아노를 가르치는 여성은 다른 일은 적당히 해도 피아노와 마주하고 있는 시간만큼은 진지하게 보낸다고 한다. 음대 피아노과를 나온 그 친구는 피아노와 마주했을 때만큼은 진짜 자신과 마주한다. 그 친구는 스스로도 피아노는 자신을 비추는 거울이라고 말한다. 그것이 있는 한 자신은 괜찮다고 말한다.

나도 그 의미를 이해할 수 있을 것 같다. 무엇이든지 한 가지 집중할 수 있는 자신만의 일을 갖자. 그것이 자신을 비추는 거울이기 때문에 그곳에 서면 언제든지 자신과 마주할 수 있다.

내 경우에는 글을 쓰는 일이 그렇다. 이것만큼 내 자신과 마주할 수 있는 것은 없다. 그때만큼은 진지해지고 내 자신이 보인다.

무엇이든 좋다. 그런 것을 갖고 있으면 사람은 잘못된 방향으로 쓸려가지 않고 좌절하더라도 다시 일어설 수 있다.

흔히 한 가지 예술에 조예가 깊어지면 인생을 깊이 있게 이해할 수 있게 된다고 말하는데, 무엇을 하든 마찬가지다. 스스로가 이거야, 라고 생각한 것이 있으면 진지하게 푹 빠져보자. 단순한 취미가 아니라, 일로 해보는 것이다. 일을 한다는 생각으로 하지 않으면 발전이 없다. 여성들 가운데는 처음부터 취미라는 탈출구를 준비해두는 사람이 있다. 그러면 열심히 파고들지 못하고 결국 자신의 것으로 만들지 못한다.

한 가지를 정했으면 직업으로 해보겠다는 생각으로 적극적으로 해야 한다. 똑같은 돈과 시간을 들여서 그것을 살리지 못하면 손해다. 나는 그렇게 생각한다. 물론 일과 전혀 다른 진짜 즐거움, 숨을 돌릴 수 있는 취미가 있는 것도 좋다. 하지만 무엇인가 자신을 비추는 거울을 갖고 싶다고 생각하는 사람은 일을 한다는 생각으로 파고드는 것이 좋다. 그러면 눈빛도 달라지고 태도도 진지해진다. 그리고 경력을 쌓으면 언젠가 반드시 길이 열린다.

　그리고 취미가 일로 바뀌면 그때부터는 의무와 책임이 따른다. 과자를 납품하는 사람에게는 납품날짜에 맞추어서 빵집이 기다리고, 영어를 가르치거나 중화요리를 가르치는 사람에게는 학생들이 기다린다. 따라서 무작정 쉴 수만은 없다. 일을 하면 거기에는 책임과 의무가 따른다.

　책임과 의무가 생기는 것이 일이다. 그 보수로 돈이 들어오기 때문에 점차 책임이 무거워지고 더 이상 도망갈 수 없게 된다. 그 대신 그것이 힘이 되어 생활을 이끌어간다.

　인생을 살아갈 때 무엇이든 그런 것이 반드시 필요하다. 빈둥거리고 살더라도 시간은 간다. 자신을 비추는 거울, 즉 일을 갖고 있는 사람은 항상 활기가 넘친다. 거울 속에 자신의 모습을 비추고 또 힘을 내면서 살아가기 때문이다. 그런 삶 속에서 삶의 자부심이 생겨난다.

요즘 전업주부는 왠지 의욕이 없어 보인다. 자부심을 잃고 방황하거나 고민하면서 무엇을 하면 좋은가, 이것저것에 손을 대본다.

　자부심은 무엇이든 책임과 의무를 다 할 수 있는 일을 갖는 것이다. 미래의 여성은 결혼을 했든 안 했든 상관없이 자신의 일을 가져야 한다. 그리고 그곳에서 자신이 설 수 있는 자리를 만들어가야 한다.

42

자신과의 싸움

일은 책임과 의무가 따르기 때문에 멋지다

일이 무엇인가, 하고 묻는다면 나는 자신과의 싸움이라고 대답하겠다. 어떤 일이든 자신과 싸워야 하는 부분이 있다. 가령 자신이 예전부터 하고 싶었던 일, 좋아하는 일을 하고 있는 행복한 사람의 경우도 마찬가지다.

좋아하는 일을 하면 도망칠 곳이 없다. 싫은 일이면 '나도 좋아하는 일을 했으면…' 하고 생각하겠지만, 좋아하는 일을 하고 있으면 뭐라고 변명할 수도 없다. 그렇기 때문에 그곳에서 싸우지 않으면 안 된다.

대부분은 자신이 하고 싶어 하는 일이나 좋아하는 일을 하는 것이 쉽지 않다. 그렇기 때문에 자신 없는 일이라도 그것이 자신의 일이 되면 그곳에서 뭔가를 보여주지 않으면 안 된다. 만약 자신은 없지만 지금 하는 일이 자신의 삶의 터전이라면 그곳에서 열심히 일하면서 싫다고 생각하는 자신과 싸워야 한다. 그것이 중요하다. 자신의 일이면 감기 기운이 있어도 출근하지 않으면 안 된다. 쉬고 싶다고 생각하는 자신과 싸워서 출근하는데 의미가 있다.

결혼하여 아이가 생긴 뒤에도 일을 계속하는 여성들에게 가장 괴로운 것은 자녀가 아플 때라고 한다. 물론 생사의 갈림길에 있는 중병이라면 휴가를 내겠지만, 아이가 감기에 걸려 열이 날 때는 떨어지지 않는 걸음으로 회사로 향한다. 회사에는 책임을 다해서 해야 할 일이 기다리고 있다. 그럴 때는 어김없이 '차라리 그만 둘까?' 하는 생각이 든다고 한다.

내게는 아이가 없지만 그 기분은 이해할 수 있다. 하지만 그렇다고 일을 그만두면 자신과의 싸움을 포기하는 것이 된다. 미련을 떨쳐버리지 못하는 자신과 싸워야 한다. 그 부분이 중요하다. 일을 쉬고 아이와 함께 있는 것이 마음은 편할지도 모른다. 마음은 쓰라리지만 마음 한편에 있는 걱정을 다잡고 회사로 향하는 그 부분이 중요한 것이다.

일을 하자면 혼자서 고민하거나 걱정하는 감정의 흐름을 스스로 억제하지 않으면 안 된다. 그렇게 자신을 억제하기까지의 자신과의 갈등이 중요하다. 갈등이나 괴로움도 없이 억제하는 것은 아무런 가치도 없다. 그것은 둔감하거나 무신경하다고 해야 할 감정이다. 갈등 속에서 지혜롭게 그 감정을 억제하는데 의미가 있다. 그러기 위해서는 진정한 강인함이 필요하다. 그럴 때 등이 쫙 펴지고 반듯해진다.

미래의 여성들에게는 이런 강인함이 반드시 필요하다. 강인함이라고 해서 쉽게 꺾이는 콧대 같은 것을 말하는 것이 아니다. 풀과 같이 부드러운 강인함을 가져야 한다. 풀은 바람에 흔들리지만 쉽게 꺾이지 않는다. 그런 강인함은 자신과의 싸움 속에서 나온다.

가령 일이 서툴러 보이던 사람이 자신의 자리에서 적극적으로 일하는 모습을 보면 의외로 그 사람에게 그 일이 잘 맞는다는 생각을 하는 경우가 많다.

내가 대학을 졸업하고 처음으로 했던 방송국의 아나운서 일도 사실 나에게는 가장 힘든 일이었다. 취직을 할 때도 대학의 취직과에 공모가 붙어있었던 것은 아나운서 일뿐이었다. 남자는 여러가지가 있었지만, 당시 졸업을 앞둔 4학년 여자들의 경우에는 연줄이라도 대지 않으면 일자리를 찾을 수 없을 정도로 전무했다.

나는 낯을 심하게 가려서 사람들 앞에서는 제대로 말을 하지 못했지만, 일단 들어가 보자, 라는 생각으로 접수를 했고 입사할 수 있었다.

그리고 입사해서 놀란 것은 평소에는 말이 없고 낯을 가리는 사람이 상당히 많다는 사실이었다. 게다가 그런 사람이 오히려 성공해서 스타가 되었다.

마음속으로 원했던 일도 아니고 단순한 계기로 하게 된 일이라도 자신이 없다고 도망치면 시간이 아무리 지나도 길은 열리지 않는다. 자신 없다고 생각하는 자신, 그 일이 싫다고 생각하는 자신과 싸워서 목소리를 내고 생각이나 느낌을 말로 표현해야 한다.

그러면 신기하게도 그 말에 무게가 실리고 사람들의 마음에 더 깊은 인상을 준다. 처음부터 말하는 것을 좋아하는 사람은 자신과의 싸움도 없이 단순히 떠오르는 대로 말하기 쉽다. 그런 말은 그 사람의 내면에서 나온 말이 아니기 때문에 들어도 마음속에 오래 남지 않는다.

이른바 수다스러운 사람, 낯을 가리지 않는 사람이 말하는 일에 적합한 것이 아니다. 오히려 수줍음을 타는 사람, 낯을 가리는 사람이 자세를 바꿔서 그 자리에서 열심히 일하면 성공할 확률이 더 높다.

다른 일에서도 마찬가지다. 좋고 싫음을 떠나서 자신의 내면과 싸움이 없으면 발전이 없다. 무슨 일이든 자신에 대해 의문을 갖거나 반문을 하고 고민할 때 비로소 조금씩 자신의 일이 된다.

43

자신을 위해서 즐기자

시켜서 하는 일은 좋은 성과를 내지 못한다

일은 도대체 누구를 위해서 하는 것인가. 그 점이 분명하지 않기 때문에 많은 사람들이 일이 싫어지고 하고 싶지 않다고 말한다.

예를 들면 회사에 근무한다고 하자. 그러면 일을 하는 것은 회사나 사장을 위해서 하는 것 같은 느낌이 든다. 그리고 일하는 것에 대한 보답이 적으면 이런 회사를 위해서 일해야만 하나, 하는 생각이 들기 마련이다.

그렇다면 전업주부는 어떤가. 남편을 위해서 자녀를 위해서 아침 일찍 일어나서 아침 식사를 준비하고, 밤늦게까지 남편을 기다리기도 한다. 그러면 나는 이렇게까지 하고 있는데, 하는 생각이 들고 화가 난다. 그렇게 노력을 해도 남편은 조금도 그에 대한 보답을 해주지 않는다. 입만 열면, "밥 줘." "신문 좀." "자자."라고 하니 아무리 생각해도 보람이 없는 일이라는 생각만 든다.

자녀도 마찬가지다. 그렇게 고생해서 키웠는데, 걱정만 끼치고 어머니인 자신의 입장은 조금도 생각해주지 않는다. 아, 도대체 누구를 위해서 매일 이런 일을 하는 거지? 하고 불평이 쏟아지려고 한다.

그런 생각의 뒤편에는 누군가를 위해서 싫은 일을 억지로 한다는 의식이 깔려있다. 누군가를 위한 일이라고 생각하면 왠지 보람이 없다.

그런 생각이 들 때, 생각을 조금 바꾸는 것은 어떨까. 어떤 일도 결국은 자신을 위한 것이라고 말이다.

앞에서도 쓴 것처럼 나는 대학을 졸업하고 방송국에서 근무했지만, 처음에 맡았던 일은 일기예보와 프로그램 소개 같은 단순한 일뿐이었다. 시간이 지날수록 일이 지겨웠다. 게다가 방송일은 내가 좋아서 시작한 것도 아니었다. 싫어하는 일을 한다는 생각이 마음속 한편에서 떠나지 않았다.

일이 재미없다는 생각을 하면 지각이 잦아지고, 언제나 뚱한 표정으로 앉아 있어서 사람들로부터의 평가도 떨어진다. 자신의 얼굴 표정을 거울에 비춰보라. 왜 그런 표정을 짓고 있는 것일까. 눈빛도 흐려지고 얼굴 어디에서도 생기라곤 찾아볼 수가 없다.

그래선 안 된다. 매일 싫다는 생각만 하고 있으면 생각이 표정에 그대로 나타난다. 그 정도로 싫다면 조금이라도 빨리 일을 그만두는 것이 좋다. 하지만 그렇게 쉽게 그만둘 수 있는 것이라면 일이 아니다. 그만둘 생각이 없다면 일에서 즐거움을 찾는 것이 현명한 생각이다. 일에서 즐거움을 찾는다고 해서 손해 볼 것은 없다. 그런 상태로 계속 시간이 흐르면 자신의 표정은 엉망이 되고 보기 싫은 여자가 될 뿐이다.

하루에 기분 나쁜 생각을 몇 시간이나 하면서 보낼까. 방송국에 근무하던 당시만 해도 직장에 근무하고 있었으니까 적어도 8시간은 회사에 있었다. 8시간이라고 하면 하루의 대부분이다. 하루에 8시간이면 그렇게 긴 시간은 아니지만, 그것이 일주일이 되고 한달이 되고 1년 동안 직장에 있다는 생각을 하면 소름이 돋는다. 자신이 갖고 있는 시간의 대부분을 일을 하고 있는데 그 시간 동안 싫다는 생각만 하면서 지내고 있는 것이다.

그 후로 나는 지겹다는 생각으로 보내던 8시간의 근무시간 중에서 조금이라도 아니 한 가지라도 즐거움을 찾으려고 노력하기 시작했다. 우선 비록 10초 정도지만 내가 맡은 '오늘의 프로그램'

에서 매일 다른 인사를 해보기로 마음먹고 짧은 시간이라도 말을 골라서 하고 싶은 말을 하려고 노력했다.

처음에는 힘들었지만 조금씩 내가 하는 일이 즐거웠다. 내 모습을 비춰보니 내 눈에서는 빛이 났고 지각하는 횟수도 줄어들기 시작했다. 그렇게 되기까지 1년이 걸렸다. 그 뒤로 주변 사람들에게도 인정을 받아서 다른 프로그램도 맡을 수 있었는데, 내 인생에 힘차게 박차가 가해지면서 조금씩 길이 트이기 시작했다.

그렇게 해서 나는 내 일을 즐기는데 성공했다. 나 혼자의 힘으로 끔찍이도 싫었던 일에서 재미를 발견할 수 있었다.

그때 나는 처음으로 깨달았다. 일은 누군가를 위해서 하는 것이 아니라 바로 자신을 위해서 하는 것이라고 말이다.

만약 당신이 일을 하고 있다면 그 일은 회사를 위한 것도 사장을 위한 것도 아니다. 만약 일을 하는 것이 당신의 인생을 활기 있게 살기 위한 것이라고 생각한다면 일 속에서 어떤 작은 즐거움도 찾을 수 있다. 전업주부도 마찬가지다. 남편이나 자녀를 위해서가 아니라 자신이 그곳에서 활기 있게 살기 위한 것이라고 생각해보자. 그러면 화가 나지도 않고 눈빛이 살아난다.

일에 대한 남자와 여자의 생각은 다르다. 남자는 회사나 조직을 위해서 일한다는 의식이 강한 반면, 여자는 자신을 위해 일한다는 사람이 많다. 회사를 위해서 혹은 누군가를 위해서가 아니라 자신을 위해서 일하는 것이 이해하기도 쉽다.

봉사도 곁에서 보기에는 다른 사람을 위한 활동처럼 보이지만 그렇지 않다. 봉사에 참가하면 사회에 기여할 수 있다는 기쁨을 얻을 수 있다는 점에서 봉사는 결국 자기 자신을 위한 일이다. 그렇게 생각하고 하는 일이 결과적으로 다른 사람에게 도움이 되는 것이다.

44

결과는 마흔까지 나오면 된다

재능은 쌓아야 키워진다

일이 무엇인가, 라고 물으면 나는 쌓아가는 것이라고 말한다. 이 세상에서 처음부터 재능을 발휘하는 사람은 없다. 누구나 개성을 가지고 태어나지만 그것을 쌓고 쌓은 결과가 재능이 된다.

흔히 '저 사람은 특별한 재능이 있다'라고 말할 때가 있는데, 그것은 자신이 아무것도 하지 않는 것에 대한 변명인 경우가 많다. 다시 말해서 '저 사람은 재능이 있지만, 나는 없다.'라고 말하면서 자신은 아무것도 하지 않는다.

재능이 있는 것처럼 보이는 그 사람은 다른 사람들이 보지 않는 곳에서 아무도 모르게 피나는 노력을 계속해서 지금의 실력을 쌓은 것이다. 그런 노력이 다른 사람들에게는 보이지 않을 뿐이다. 그래서 갑자기 그런 결과가 나온 것처럼 생각한다.

커리어라는 말은 거듭해서 쌓는 것을 의미한다. 예를 들어, 커리어우먼은 스타일리스트나 카피라이터, 디자이너와 같은 외국어로 된 직업을 갖고 멋진 옷차림을 한 사람을 가리키는 말이 아니다. 자신의 일을 하면서 지속적으로 경험을 쌓고 어느 정도 실적까지 올리는 사람을 가리키는 말이다.

그런 관점에서 생각해보면 일본 땅에 발을 붙인 커리어우먼의 대표적인 예는 농가의 주부와 상점의 안주인들이다. 그들은 자신들의 몸을 아끼지 않고 열심히 일한다.

같은 자리에서 묵묵히 커리어를 쌓기 위해서는 끈기와 인내가 필요하다. 그렇게 커리어를 쌓아가다 보면 어느 순간부터인가 보이기 시작하는 것이 있다. 한 가지 일을 오랫동안 계속하는 속에서 만들어지는 무엇인가가 있다.

커리어는 단지 계속하기만 해서 쌓이는 것이 아니다. 지금은 눈앞에 너무나 많은 것이 있어서 조금 해보고 이것이 아니다 싶으면 그만 두고, 다시 다른 일을 시작하고 또 조금 하다가는 싫증을 내고 그만둔다. 그렇게 계속해서 일을 바꾼다.

구인 잡지의 종류가 아주 많지만, 일이 있다고 해서 계속해서 바꾸기만 하면 되는가 하면 그것은 그렇지 않다.

미국의 경우 전직은 한 곳에서 경력을 쌓아서 실력을 키우고 그 실력을 인정받아서 다른 회사로 옮기거나 자신의 힘을 시험해 보기 위한 형태가 많다. 전직을 하더라도 이른바 사다리를 한 계단 씩 밟아 올라가듯 종적으로 조금씩 경력과 실적을 키워간다.

그러나 지금 하는 일이 마음에 들지 않기 때문에 다른 일을 찾으려는 경우 자신의 내부에는 아무것도 만들어지지 않는다. 한마디로 실력이 쌓이지 않는다.

전직을 할 때는 지금 일하는 자리에서 가능성은 없는지 끝까지 살펴보고, 자신이 할 수 있는 최선의 일을 다 해보는 것이 무엇보다 중요하다.

어쨌든 경험을 쌓아가야 한다. 시대의 흐름이 빨라졌다고는 하지만 일은 10년을 해보지 않으면 그 일에 대해 제대로 알 수 없다. 성급하게 결과를 기대하지 않는 것이 좋다. 10년 뒤에 어떤 성과가 나올지 신중하게 먼 장래를 내다보고 자신의 인생을 보아야 한다.

솔직히 말하면 적어도 20대 후반부터 그런 각오로 노력해야 하지만, 30대에도 결코 늦은 것이 아니다. 지금부터 10년 뒤, 40대가 되었을 때 성과를 얻으면 된다. 지금부터 시작하더라도 조금도 늦지 않다.

결과는 나오지 않더라도 자기 나름대로 이것이라고 생각하는 것이 있다면 한눈팔지 말고 해볼 것을 권한다. 20대에는 마음을 빼앗기는 일이 너무나 많다. 주변 환경도 결혼이나 출산과 같이 외부로부터 주어지는 변화가 다양하게 나타난다. 30대를 지난 뒤에 주어지는 외적인 영향은 교통사고나 부모의 사망 등 좋지 않은 일이 대부분이다. 그렇기 때문에 30대에는 더 이상 한눈을 팔지 말고 앞을 보고 달려가야 한다.

20대에 방황했던 일도 마무리를 짓고 한 가지 일에서 경험을 쌓아가자. 30대를 넘기고 40대가 되어서 시작하려고 하면 쉽지 않다. 지금부터 묵묵히 쌓아가야 한다. 다만 기왕에 시작하려고 한다면 불평하지 말아야 한다. 아무리 힘들어도 다른 사람들을 대할 때는 태연한 얼굴을 해야 한다.

나는 여자의 마음가짐은 한 송이 꽃과 같아야 한다고 생각한다.

그늘에서 아무리 힘들어도 노력하고 전혀 힘들지 않은 얼굴로 언제나 아름답게 곧게 피어나야 한다. 의연한 태도로 당신만의 꽃을 피워야 하는 것이다.

피운 꽃이 두 송이나 세 송이일 필요는 없다. 한 송이면 족하다. 당신의 손으로 피운 꽃을 언제나 마음속에 품고 다른 사람들과 접해가길 바란다.

45

가능성은 아직 충분히 있다

자신에 대해 속단하지 말자

사람은 누구나 '난 안 돼.'라고 낙담할 때가 있다. 나도 이따금 낙담할 때가 있지만, 그럴 때 다른 한편에서 기대하는 나 자신을 발견한다. '어쩌면 내일은.' '지금은 안 되지만 언젠가는….'하는 생각을 한다. 그런 생각까지 하지 않더라도 무엇인가를 먹거나 잠을 자는 일상적인 행위를 하는 것은 아직 기대를 하고 있다는 증거다. 그런 자신에 대한 기대가 있는 동안은 괜찮다.

그러니까 좀더 자신을 믿어도 좋다. 지금 낙담하고 있어도 다시 언젠가 뭔가를 시작할 힘을 누구나 갖고 있다.

나는 여러분이 스스로 자신의 가능성의 싹을 꺾는 일은 하지 않기를 바란다. 스스로 꺾지 않더라도 싹이 언제 꺾일지 모를 정도로 외부로부터의 압력은 너무 거세다.

가령 주변 조건이 좋지 않다고 해도 자신을 믿고 노력을 계속해야 한다. 적어도 자신의 가능성의 싹을 스스로 꺾지 말아야 한다. 자신의 한계를 여기까지라고 스스로 결정한 사람은 그 이상으로 결코 성장하지 못한다. 적어도 자신만큼은 자신의 가능성의 싹이 자유롭게 뻗어가도록 보살피자.

'언젠가는 될 거야.' '언제쯤이 될지는 모르지만 해보자.'라고 생각하면 사람은 조금씩 그쪽을 향해 노력한다. 여기까지라고 자신의 가능성을 스스로 결정하고 좁힌 사람은 결코 그 이상으로 발전하지 못한다.

만약 자신의 가능성을 믿고 노력하면 주변도 서서히 변화한다. 스스로 자신을 믿고 해보겠다는 태도는 처음부터 글렀다고 속단하거나 '그런 것을 할 필요 없다'고 말하던 남편이나 가족들을 설득하는 힘이 된다.

적당히 하려는 자세로 임하다가 다른 사람들의 반대에 부딪히면 그만두거나 모처럼 시작했다가도 금방 싫증을 내고 그만두는 형편이면 남편과 자녀도 믿어주지 않는다. '어차피 며칠 못 갈 거야.'라고 생각하기 때문이다. 결국 본인도 쉽게 포기하고 만다.

타인에 대한 설득력은 얼마나 자신이 그 일을 하고 싶어 하는 가, 그것을 계속할 것인가를 실제로 해 보일 때 효과를 갖는다.

비가 내리고 바람이 분다고 해서 쉬는 정도라면 상대방에게 믿음을 주지 못한다. 몸이 조금 아프더라도 열심히 하는 모습을 보여주면 지켜보는 사람들의 마음이 움직이고, 그렇게 하고 싶다면 해보라고 양보해준다.

무슨 일이든 좋지만 책임감을 다해 일하는 사람은 빛이 난다. 표정에도 긴장감이 돌고 눈빛도 다르다. 긴장감이 있기 때문에 아름답게 보인다.

내 주변의 일을 가진 여성들은 머리가 아프거나 감기에 걸린 정도로 자신이 할 일을 뒤로 미루지 않는다. 어지간히 심하지 않는 이상 자신의 일은 스스로 한다.

내가 몸이 건강해진 것은 일 때문이다.

나는 어렸을 때 2년 동안 가슴이 좋지 않아서 학교를 다니지 못했다. 마침 전쟁이 끝난 뒤의 혼란기여서 학년은 제대로 올라갈 수 있었지만, 그 후에도 체육시간은 대부분 지켜보기만 하는 정도였다. 언제든 몸을 아껴야 했다. 고등학교, 대학교 때도 머리가 아프다, 어디가 아프다고 할 정도로 일년 내내 몸이 좋지 않았고, 정신상태도 썩 좋지 않았다.

그러던 것이 취직한 이후에 건강해진 것이다. 조금이라도 무리를 하면 몸 상태는 여전히 좋지 않다. 하지만 그런 나 자신에게 끌려갈 수만은 없었다.

내 자신에 대해 말하는 것이 좀 쑥스럽지만, 나는 책임감이 강한 편이고 지기 싫어하는 성격이어서 한 번 맡은 일은 어떻게 해서든 끝까지 한다.

머리가 아무리 아프거나 열이 나도 참으면서 있는 힘을 다해 일했다. 그렇게 일하는 동안 아픈 것이 말끔히 낫곤 했다. 그래서 나는 몸이 아파서 일을 쉰 적이 없다. 물론 감기에도 걸리고 열도 났다. 하지만 신기하게도 아픈 것이 일을 하는데 방해가 될 정도는 아니었다.

내가 어떻게든 끝내야 하는 일이 있을 때는 긴장한 탓인지 여간해선 감기도 걸리지 않았다. '조금 한가하다'고 생각할 때 감기에 걸린다. 병은 마음에서 온다고 하는데, 정말로 병은 마음이 느슨할 때 걸린다.

내가 만약 대학을 졸업하고 일을 갖지 않았다면 건강관리는 물론이고 지금까지도 불평만 하면서 지내고 있었을 것이 틀림없다.

일을 계속해온 나의 선택은 옳았다. 일을 하면서 자신의 가능성의 싹을 꺾지 않으면 조금씩 길이 열린다는 사실도 깨달았다.

요즘은 마음만 먹으면 얼마든지 무슨 일이든 할 수 있는 환경이다. 여자가 봉건적인 구조에 매이던 시기에는 사회생활을 하고 싶어도 할 수 없었다. 그런 환경에서 자라고 살아야 했던 우리의 어머니, 할머니의 뜻을 이어가지 않는 것은 죄스러운 일이다. 지금은 자유롭게 일할 수 있는 시대이다. 자신의 가능성을 발전시킬 수 있는 방법은 얼마든지 있다.

chapter *10*

여가를 활용해 교양을 쌓는 비결

◆ 30대부터 시작하는 자기 계발의 비결

46

고독 속에서 자신을 발견하는 일

혼자 시작하는 데 가치가 있다

여가란 무엇인가. 여가를 좀더 쉬운 말로 표현하면 남는 시간
또는 짬이 된다. 대부분은 여가를 무엇인가 한 후에 남은 시간이
라고 생각하지만, 여가는 생기는 것이 아니라 만드는 것이다. 짬
이 생기기를 기다려서는 영원히 자신의 시간을 만들 수 없다. 오
히려 적극적으로 시간을 만들려는 자세가 필요하다.

자신의 시간을 만들기 위해서는 우선 여가 활용법이나 무엇을
하고 싶은가 등이 전제되어야 한다. 무엇인가 하고 싶은 일이 있
고 그것을 위해서 시간을 할애하는 것이 여가를 제대로 활용하는

방법이기 때문이다.

여가에 대한 생각을 살펴보면, 많은 사람들이 여가활동을 하기 때문에 무엇이든 해야 한다는 식으로 여가활동을 해석하는 경향이 있다. 결국 여가활동을 하는 이유는 자신이 하고 싶기 때문이 아니라 다른 사람이 하기 때문에 따라하는 것이다. 그것은 진정한 의미의 여가활동이라고 말하기 어렵다.

대개가 옆집은 휴일이면 차를 타고 외출해서 가족 레스토랑에서 식사를 하니까 우리도 한다는 식으로 자신이 하고 싶은 것과는 무관하게 다른 사람이 하는 것을 그대로 쫓아한다. 자신들만 하지 않으면 뒤처질 것 같아서 불안해한다.

여가란 본래 자신에게 가장 맞는 것을 하는 시간이다. 일은 어쩔 수 없이 해야 하는 것이지만 여가는 자신을 위한 시간이기 때문이다.

하지만 다른 사람을 쫓아 흉내 내는 사람이 많다. 가령 주변에서 테니스를 치는 사람이 있으면 테니스를 하고, 재즈댄스가 유행하면 재즈댄스를 배우러 다닌다. 언제나 이런 식이면 평생을 살아도 자신에게 맞는 여가의 활용은 기대하기 어렵다.

다른 사람을 따라서 산으로 들로 다니는 것보다는 하늘을 보고 누워서 느긋하게 쉬는 것도 조금도 나쁘지 않다고 나는 생각한다. 그렇게 하면 일상생활에 지친 몸을 쉴 수 있다. 멍하니 하늘을 보고 생각에 잠기는 것을 나는 적극적인 게으름이라고 부른다. 하는 일도 없이 단지 누워서만 보내는 것이 좋은 일은 아니지만, 누워서 지내는 것을 좋아한다면 그렇게 하는 것이 남을 따라서 뭔가를 하는 것보다는 훨씬 낫다.

여가활용이라고 해서 반드시 무엇인가를 해야 한다는 생각은 잘못된 생각이다.

나는 여가시간에는 다른 사람과 함께 시간을 보내기 보다는 오히려 혼자가 되는 것을 권한다. 그 시간 동안 혼자서 생각하거나 책을 읽거나 공부하거나 해보자.

혼자가 되는 것을 두려워해선 안 된다. 여자는 혼자가 되는 것, 고독해지는 것을 두려워하지만 진짜 자신은 혼자 있을 때 보이기 시작한다. 30대 여성은 고독을 두려워해서는 안 된다. 혼자가 되어 자신의 내부에서 들려오는 소리에 귀 기울이는 시간을 가질 필요가 있다. 그리고 자신이 진정으로 원하는 것을 위해서 그 시간을 쓸 필요가 있다. 다른 사람을 신경 쓰지 말고 자신이 하고 싶었던 일을 하자.

문제는 하고 싶은 일이 없다, 무엇을 해야 할지 모르겠다고 말하는 사람이다. 자신이 하고 싶은 일은 스스로 찾아야 한다. 하지만 오랫동안 다른 사람의 기준으로 살다보면 자신이 무엇을 좋아하는지조차도 알지 못하는 경우가 있다.

자신이 좋아하는 것을 찾는 방법으로 내가 권하는 것은 중학교, 고등학교시절로 돌아가는 것이다. 중학교, 고등학교 시절은 감수성이 가장 민감한 시기이다. 그때 좋아했던 것은 자신이 정말로 좋아하는 것인 경우가 많다.

　나는 중학교와 고등학교 시절에 노래와 발레를 좋아했다. 노래는 오페라를 좋아했고, 발레는 클래식 발레를 좋아했다. 노래는 한때 배운 적도 있지만 발레는 학생시절에 댄스 클럽에 들었던 것이 전부다. 발레는 배울 기회가 없었기 때문에 언젠가 배우고 싶다고 생각하곤 했었다.

　그래서 지금 나는 그렇게도 배우고 싶었던 발레를 배우러 다닌다. 나는 글 쓰는 일을 하기 때문에 책상 앞에 앉아 있는 시간이 많아서 운동부족이 되기 쉽다. 발레는 운동이 필요한 내게 좋은 운동이다.

　처음 한 동안은 체조교실이나 재즈댄스에 나가기도 했지만 그것은 내게 맞지 않았다. 그곳을 찾는 주부들 중에는 아침부터 저녁까지 자신의 시간을 주체하지 못하는 사람이 많다. 돈과 시간을 생각해도 아까운 일이 아닐 수 없다. 그 어떤 것도 마음에 내키지 않은 것을 할 필요도 없고 다른 사람들에게 맞출 것도 없다. 특히 내 경우는 일하는 틈틈이 어렵게 짬을 내서 만든 시간이기 때문에 더욱 그렇다.

그래서 기왕에 몸을 움직이는 것이라면 중학교, 고등학교 시절에 좋아했던 발레를 해보기로 했던 것이다. 친구들은 "마흔여덟이나 돼서 발레를 시작하는 것이 창피하지 않아?"라고 묻곤 하지만, 나는 조금도 부끄럽지 않다. 다른 사람들을 따라하려고 귀중한 시간과 돈을 낭비하는 쪽이 오히려 부끄러운 일이라고 나는 생각한다.

나는 매주 선명한 핑크빛 레오타드(몸에 딱 달라붙는 발레 연습복-옮긴이) 차림으로 대학생들과 섞여서 열심히 발레를 배우고 있다. 1년이 지난 뒤에 비로소 다른 사람들을 따라갈 수 있었지만, 발표회에서는 듀엣으로 춤을 추기도 했다.

레슨이 끝나고 다른 수강생들과 팥빙수를 먹는 것도 처음 하는 일이어서 정말 즐겁다.

어렵게 만든 귀중한 자신의 시간을 자신에게 보다 맞게, 그리고 효율적으로 쓰는 것은 어떨까.

47

무슨 일이든 진지한 플레이 정신

여가 활용법을 남자에게 배운다

마니아나 수집가는 여자보다는 남자 쪽에 많다고 한다. 생각해 보면 사실이다. 남자들 중에는 나이 든 이후에도 기차나 비행기의 모형을 모으는 사람들이 있다. 열차를 좋아해서 표지판을 모으거나 사진을 찍고 집안에 레일을 깔고 심지어 언제든 열차를 볼 수 있는 곳으로 이사하는 사람까지 있다.

그런가 하면 희귀한 나비를 쫓아서 발길 닿는 곳이면 어디든 가는 사람, 만년필에 푹 빠진 사람 등 그 형태는 무척 다양하다. 그런 사람들의 공통점은 모두 자신의 취미에 푹 빠져있다는 것이다. 그에 비하면 여자는 취미에도 푹 빠지지 못하고 적당히 하는 경향이 있다.

남성들이 취미생활에 푹 빠지는 이유는 대부분이 진지하게 임해야 하는 일을 갖고 있기 때문이다. 오랫동안 그런 생활을 계속했기 때문에 여가가 주어져도 적당히 시간을 보내지 못한다. 자기만의 시간을 보낼 때도 좋아하는 일을 진지하게 하기 때문에 결과적으로 마니아나 수집가의 수준에 도달하는 것이다.

여자의 경우, 집안일 한 가지만 보더라도 일이라고 말하기 어려운 점도 있고 진지하게 하지 않아도 되는 부분이 있기 때문에, 일이고 여가고 탄력이 붙지 않는다. 결국 어느 쪽도 적당히 하게 된다.

여자 가운데도 자신의 일을 열심히 하는 사람은 틈만 나면 하고 싶은 일을 찾아서 그 시간을 알뜰하게 활용한다. 한쪽 바퀴가 리듬을 타고 돌기 시작하면 다른 쪽도 원활하게 돌아간다. 일과 여가생활의 두 바퀴가 제대로 회전하는 것이다. 한쪽을 적당히 빈둥거리면서 돌리면 다른 한쪽도 힘이 빠진다. 그렇기 때문에 놀 때도 진지하게 적극적으로 할 필요가 있다. 기왕 노는 것이라면 적당히 놀지 말고 열심히 놀자.

Play라는 영어는 '놀다'로 해석되지만, 그 말의 어원을 살펴보면 '배우다'라는 의미가 있다고 한다. 진지한 자세로 필사적으로 노는 것은 진지한 자세로 필사적으로 배우는 것과 같다.

내가 알고 있는 사람중에 다양한 오락프로그램에 출연하고 있는 어떤 사람은 우리가 보통 레저스포츠라고 부르는 골프나 낚시, 경마, 여행 등을 직업으로 갖고 있다. 곁에서 보기에는 좋아하는 일을 하고, 놀면서도 돈을 벌 수 있어서 좋겠다고 생각하겠지만, 그는 필사적으로 놀고 있다고 말한다. 필사적으로 논다는 말은 필사적으로 배운다는 것과 같다. 특히 레저스포츠는 누구든 시간이 지날수록 점차 실력이 늘기 때문에 보통 사람보다도 한 발 혹은 두 발 앞선 지식과 기술을 습득하기 위해서라도 열심히 해야 한다고 한다.

기왕 하는 거라면 취미다, 혹은 레저다, 라고 말하지 말고 적극적으로 끝까지 해보자. 진지하게 놀자. 일이 자신 없는 사람은 노는 것을 열심히 해보는 것도 좋다. 스키를 탄다면 1급 자격증을 따서 다른 사람을 가르칠 수 있을 정도로 실력을 쌓는 것도 좋고, 다도나 꽃꽂이, 요리를 배우는 사람도 단순히 배우기만 할 것이 아니라 프로가 되겠다는 생각으로 노력해보는 것이 좋다. 요즘은 놀기 위해 일한다고 말하는 사람도 있지만, 놀이도 진지하게 하면 일에 영향을 미친다. 또한 일을 진지하게 하면 놀이에 영향을 미친다. 논다고 해서 적당히 하지 말고 진지하게 노는 것은 어떨까 싶다.

여가를 자신의 것으로 만드는 비결은 자신에게 달려 있다. 남성들은 직장생활에서 어려움을 경험하기 때문에 여가생활을 할 때도 마찬가지로 끝까지 해보려고 한다.

게다가 남성들의 여가 활용을 보면 그 속에는 어렸을 때의 꿈이 담겨 있다. 열차가 좋았던 기억, 동물이 좋았던 기억, 옛날 동전에 흥미가 있었던 기억. 그런 어린 시절의 꿈이 어딘가에 머물러 있다가 어른이 되어 자신의 시간이 생기면 다시 나타난다. 남자들은 엉덩이에 어린 시절의 파란 멍 자국을 지금도 달고 있다. 나는 남성의 그런 부분을 좋아한다. 그것은 어쩌면 가장 소중히 여겨야 할 부분이다.

여자는 현실적인 면이 강해서 특히 결혼해서 아이가 생기면 생활에만, 그리고 눈앞의 일에만 매달린다. 그런 삶은 무엇인가 부족한 듯 보인다.

여자들이 태어나면서부터 현실적이었던 것은 아니다. 여자도 남자와 마찬가지로 꿈도 있고 낭만도 있다. 하지만 여자의 경우 남자처럼 그것을 키울 기회를 오랜 세월 빼앗기고 있었다. 현실적인 것을 보도록 키워졌고 꿈을 잊도록 키워졌다.

하지만 요즘은 그런 시대가 아니다. 남자도 여자도 자신답게, 인간답게 살 수 있는 시대이다. 여자도 꿈을 키울 수 있는 시대가 되었다. 앞으로는 자신의 어린 시절의 꿈을 여가생활로 실현하는 여성 마니아나 수집가가 점차 늘어나게 될 것이다.

　30대는 옛날의 꿈을 되찾고 키우기에 적당한 시기이다. 20대에는 외부의 변화를 따라가는 데 쏟았다면, 30대에는 자신의 내부로 눈을 돌리고 꿈을 찾자.

48

일상생활에서 멀어져 보자

자신을 발전시키는 기회, 홀로서기를 권한다

일상생활은 중요하지만 하루하루의 생활 속에 묻히면 그 소중함을 깨닫지 못한다. 객관적으로 보기 위해서는 조금 거리를 두는 것이 좋다. 나는 일상생활에서 한 순간 떨어져볼 것을 권한다. 특히 30대가 되면 일상생활에서 거리를 두는 여유를 반드시 가져야 한다. 자신이 어디에 있는지를 알기 위해서….

예를 들면 여행을 떠나는 방법이 있다. 요즘은 여성들 사이에서도 여행이 레저의 하나로 정착되었다.

하지만 평소에 얼굴을 마주하는 사람들과 떠나는 경우가 대부분이어서 일상으로부터 떠날 수 있는 모처럼의 기회이지만 일상이 함께 붙어 간다. 대부분이 친구, 혹은 가족과 열차 안이나 숙소에서 평소와 마찬가지로 수다를 떤다. 결국 장소만 바뀌었을 뿐 일상과 다른 것을 느낄 여유도 없이 여행은 끝나고 만다.

그런 여행은 교토에 가든 파리에 가든 단순히 '갔다'는 것 이상의 의미는 찾아보기 어렵다. 어디에 갔다, 무엇을 보았다, 라는 것이 여행이 아니다. 진정한 의미의 여행은 그곳에서 무엇을 느꼈는가, 무엇을 발견했는가 이다.

교토 사가노의 어느 찻집 할머니는 이런 말을 했다.

"이렇게 매일 보고 있으면 누가 어느 잡지를 보고 왔는지 알 수 있어요."

매일같이 여자들이 찾아온다. 보고 있으면 이 사람은 앙앙, 이 사람은 논노, 이쪽 사람은 모아 스타일이다. 특히 젊은 사람은 한눈에 알 수 있다. 왜냐하면 앙앙을 본 사람은 그 잡지에 실린 패션스타일을 그대로 흉내 낸 옷차림을 하고, 잡지에 소개된 똑같은 코스를 돌면서 같은 찻집에서 같은 것을 먹고 같은 선물을 산다.

잡지나 여행책자에 실린 것을 그대로를 흉내 내기만 하는 것이다. 그 잡지에 나온 것은 그것을 쓴 사람의 여행이다. 자신의 여행은 그것을 참고로 해서 그곳에 없는 어떤 것을 발견하는 것이다.

예를 들어 사찰의 뒷산을 올랐다고 하자. 쾌청한 가을 하늘을 배경으로 나뭇가지에 빨간 쥐참외 열매 하나가 달려 있다. "어머, 참 예쁘다!"라고 탄성을 발하는 것-이것이 자신의 여행이다.

교외 열차를 타본다. 차창 밖으로 벼를 거둔 논이 끝없이 펼쳐져 있다. 짚단을 쌓아올린 모양이 인형 모양을 한 것, 삼각지붕 모양을 한 것 등으로 다양하다. 지금도 지역별로 짚단을 쌓아올리는 형태가 다르다고 한다. "쌓아놓은 모양이 정말 재미있다."라는 새로운 발견이 있는 것-이것이 여행이다.

요컨대, 감동이 있는가 없는가 이다. 어떤 작은 감동도 좋다. '아!' '어머!' '와!' 등의 감탄이 있는 것이 진짜 여행이다. 파리나 로마를 다녀온 사람들 중에는 '아!'도 '어머!'도 '와!'도 없이 그냥 다녀온 사람들이 많다.

감동은 자신의 내부에서 끓어오르는 것이기 때문에 사람들과 수다를 떨면서 여행을 하면 좀처럼 맛보기 어렵다. 혼자서 사물을 보고 느끼는 시간을 갖자. 발견이 있는 여행을 하고 싶다면 '누군가와 함께 가더라도 사이가 나쁜 사람과 가보는 것이 어떠냐.'고 자주 말한다. 그렇게 하면 함께 앉고 싶지 않아서 자리도 따로 앉고 숙소에 도착해서도 따로 행동하기 때문에 혼자 있는 시간을 가질 수 있다.

그렇다고 해도 여행을 싫어하는 사람과 떠날 수는 없다. 친구와 가족과 떠나도 좋다. 다만 가능하면 혼자 있을 수 있는 시간을 갖자. 숙소에 도착하면 위험하지 않은 곳은 혼자서 산책해보자. 그렇게 혼자 있는 시간에는 무엇이든 느끼고 발견할 수 있다.

감동은 반드시 돈을 주고 멀리 떠나야 얻을 수 있는 것이 아니다. 일상 속에서도 충분히 얻을 수 있다. 예를 들면 집과 역을 오갈 때도 나는 급한 일이 없을 때는 가능하면 평소 다니던 길과 다른 길로 다닌다. 그러면 생각지도 못했던 것을 발견한다.

"어머나, 이런 골목에 제비꽃이 피었네."

"어머, 집이 새로 들어섰네."

"어쩜, 이 집에 고양이가 다섯 마리나 있었네."

그때마다 작지만 '어머나' '어머' '어쩜' 하는 작은 감탄사가 나오고, 내 뇌세포는 살아난다.

언젠가는 아파트 뒤의 언덕길을 내려가는 길에서 작은 돌비석을 발견했다. 허리를 구부리고 읽어보니 '도손(시마자키 도손. 일본의 다이쇼와 쇼와에 걸쳐 활동한 시인이자 소설가. -옮긴이)이 여기에서 『동트기 전』을 썼다'라고 쓰여 있었다.

도심 한 가운데서도 '어머나' '어쩜' 하는 말이 터져 나올 정도니 주변에서 발견할 수 있는 것은 얼마든지 있다. 다만 깨닫지 못할 뿐이고 이쪽의 눈이 뜨이지 않았을 뿐이다.

감동할 수 있는 사람은 언제든 생생히 살아 있는 감각으로 젊게 살 수 있다.

49

시작할 때는 전문가를 목표로 하자

목적이 없으면 교양은 쌓이지 않는다

얼마 전까지만 해도 '컬쳐' 붐이 일어었었다. 이상한 일이지만 붐은 그 시기를 지나면 식상해지고 만다. '컬쳐'에 붐이 있다는 생각은 미처 못 했지만, 한때 신3C시대라고 해서 car, cooler, culture가 유행한 적도 있다.

원래 컬쳐에는 붐이 없다. 붐이 비정상적인 것이라고 보면 이제 겨우 제자리를 찾았다고 말할 수 있다. 앞으로 모여드는 사람들이야말로 정말로 문화를 배우려는 사람들인 셈이다.

주간지 등에 맛있는 가게가 소개되면 그 가게에는 한꺼번에 손님들이 몰린다고 한다. 그러다 며칠 지나면 다시 원래대로 돌아간 다고 하니, 한번에 붙은 불은 오래가지 않는 법이다.

방송대학도 그렇다. 첫해는 붐이었지만 이듬해부터는 학생들이 모이지 않았다.

다시 배움의 길을 걷고자 하는 주부나 직장인을 위한 사회인 대학이 처음 강좌를 연 후로, 다른 대학에서도 정착되기 시작했 다. 붐이 지난 뒤에 비로소 진짜인지 아닌지를 가늠하게 된다. 그 것은 공부를 시작하는 쪽도 마찬가지다. 붐이 지난 뒤에 비로소 차분하게 공부할 수 있다.

미국 같은 선진국에서는 일반시민에게 개방된 대학이 있어서 배우고자 하는 사람이 언제든지 들어갈 수 있고, 좋아하는 과목을 선택할 수 있다. 시험에 통과하면 대학에 다닌 것과 동일한 자격 을 얻을 수 있다. 노인이든 주부든 누구나 자유롭게 배울 수 있다 는 것은 정말 부러운 일이다.

어렵게 배움의 기회를 만들었다면 그 다음에는 진지하게 배우 는 자세가 필요하다. 그것이 자신의 것이 될 때까지 철저하게 해 보는 것이다. 처음부터 '이것은 취미니까.' '교양이니까.'라고 생 각하지 않길 바란다. 취미라고 생각하거나 '교양을 키우고 싶다' 는 생각으로 임하면 진지한 태도로 배우기 어렵다.

목적을 좀더 분명하게 갖자. "영어회화를 마스터 하겠다." "논

픽션을 쓰겠다." 문화센터에서 무엇인가를 배우고자 한다면 자신이 하고 싶은 일과 맞는 과목을 선택해보자. 실제로 문화센터 연구반에서 경력을 쌓아 통역을 직업으로 시작한 사람이 있는가 하면, 번역을 할 수 있게 된 사람도 있고, 소설을 써서 수상한 사람도 있다.

몇 번이고 하는 말이지만, 기왕 시작하려면 '이것은 취미다.' '교양을 쌓기 위해서다.' 라고 말하지 말고 언젠가 이것으로 밥을 먹고 살 수 있도록 하겠다고 생각했으면 싶다. 그렇게 하지 않으면 돈도 시간도 낭비하기 쉽다.

주부들 가운데는 "취미예요." "교양을 쌓으려고요"라고 말하는 것은 좋다고 생각하고, "이것으로 언젠가 일을 하고 싶다."라고 말하는 것은 부끄럽게 생각하는 사람이 있다. 하지만 당치도 않다. '이것으로 먹고 살겠다'라는 정도의 마음가짐 없이 자신의 것이 되는 것은 아무것도 없다.

지금부터는 고령화 사회이다. 30대주부라면 앞으로도 50년을 더 살 수 있다. 나도 스무 살의 성인이 된 후로 30년을 살았고, 앞으로 살아갈 날도 30년이 더 남았다.

앞으로 남은 삶을 어떻게 개성적으로 자신답게 살아갈 것인가. 그렇게 살기 위해서 어떤 일을 하면 허전하지 않게 살아갈 수 있을까.

특히 앞으로는 사람의 손을 대신해서 컴퓨터가 많은 일을 해낼 것이다. 그러면 그렇게 해서 남는 시간을 소비할 필요가 있다. 일도 반드시 한 가지일 필요는 없다. 회사나 조직의 일은 점차 자동화되고 있다. 취미와 교양도 전문가 수준을 목표로 부지런히 배워보자. 그러면 언젠가 그것이 일이 되는 예는 얼마든지 있다.

옛말에 '몸에 익힌 기술이 몸을 살린다.'라는 말이 있다. 의사가 본업이지만 틈틈이 좋아하는 비행기의 모형을 모으고 공부해서 비행기에 대해서는 그 어떤 누구에게도 지지 않을 정도의 지식을 가졌던 사람이 있다. 그 의사는 언제부턴가 비행기에 관한 원고를 쓰기 시작했는데 그것이 결국 일이 되었다.

전업주부였지만 중화요리에 흥미를 갖고 요리연구가가 된 사람도 있다. 기왕 시작한다면 조금 더 열심히 해보자.

그리고 문화센터에서 무엇을 배우더라도 '여기까지'라고 수업으로 끝낼 것이 아니라 담당 선생님과 계속해서 관계를 갖는 것도 좋다.

수업만 받고 그냥 돌아가기보다 철저하게 그 기회를 이용해서 의욕적으로 배울 필요가 있다. 적극적으로 선생님에게 질문하고 개인적으로도 친분을 만들어 가면 다음 단계는 어떻게 공부하면 좋은지 조언도 얻을 수 있다. 문화센터는 수다를 떠는 동창회 모임이 아니다.

50

사회 속의 자신을 확인하기 위해

활자와 친해지면 사물을 보는 눈이 키워진다

여성이 30대에 해 둘 일 중에서 마지막으로 나는 사회에서 일어나는 일에 대해 크게 눈 뜰 것을 권한다. 20대는 자신과 자신의 가족에게 한 약속을 지키기 위한 토대를 만드는 시기이지만, 30대가 되면 자신의 일과 자신의 가족을 둘러싼 좁은 생각보다 눈을 더 크게 뜨고 주변을 둘러볼 수 있는 여유를 키워가길 바란다.

예를 들면, 정치, 경제, 국제 정세 같은 것에 눈을 떠야 한다. 정치, 경제 분야는 여자들이 대체로 자신 없어 하는 부분이지만 관심을 갖고 어떻게 해서 그런 일이 일어났는지, 자신은 어떻게 생각하는지, 관심을 갖고 지켜보아야 한다. 소문이나 연예인의 스캔들에만 관심을 가져선 안 된다. 요즘 세계에서 어떤 사건이 일어나는지 알아두기만 해도 좋다. 그리고 그 사건에 대해서 남편에게 물어보아도 좋다.

흔히 '전업주부가 되면 사회와 연결되는 루트는 남편뿐'이라고 말하지만, 요즘은 그렇지 않다. 얻으려고만 하면 정보는 신문이나 잡지, 텔레비전, 라디오 등 어디서든지 얻을 수 있다. 가장 쉽게 접할 수 있는 것이 텔레비전이지만, 생각할 수 있는 계기를 만들어주고 마음에 오래 남는 것은 활자다. 신문 하나만 읽어도 대부분의 내용을 알 수 있고, 많은 생각을 하게 된다.

신문은 한 가지면 족하다. 주요 신문을 모두 보아두는 것도 좋겠지만, 그 중에서 한 가지만이라도 꼼꼼히 읽어보자. 잘 모르더라도 다음 날도 읽고, 그 다음 날도 계속해서 읽다보면 어느 순간부터 뉴스의 흐름이 보이기 시작한다. 갑자기 읽으면 무슨 내용인지 모르지만 흐름을 알고 나면 이해하기 쉽다. 뉴스는 한 가지 현상으로 이해하기보다 흐름으로 이해하는 것이 정확하다. 그렇기 때문에 나는 30대주부에게는 매일 신문의 1면부터 특히 국제면을 중점적으로 읽을 것을 권한다.

스페이스 셔틀 '챌린저'호에 관한 사고를 예로 들면, 기사를 보고 단순히 놀라고 비참하다고 생각할 것이 아니라 지금까지 우주

선의 발사 계획이 어떤 과정을 거쳐서 이루어졌는가, 우주개발은 어떤 의미가 있고 과연 인명을 잃어가면서까지 추진해야할 정도로 중요한가, 미국이 우주개발에 힘을 쏟는 이유는 무엇인가 등등을 생각해보면 다양한 것이 보이기 시작한다. 미국의 우주개발은 인류의 꿈일 뿐 아니라 SDI(전략방위구상)와 깊은 연관성이 있다. 그렇다면 그 사고는 인류에 대한 하나의 경고가 아닌가.

뉴스에 관심을 갖고 텔레비전에서 본 기사를 능동적으로 신문에서 확인하고 생각하는 자료로 활용할 수 있다. 이런 연습은 자신의 지식과 생각에 커다란 영향을 미칠 것이다.

대부분의 남성은 매일, 반드시 텔레비전으로 뉴스를 보고 화장실이나 전철 안, 또는 아내가 잔소리를 해도 아침을 먹으면서 신문을 펼쳐 읽는다. 그것은 가능한 정보를 정확히 얻고 자기 나름대로 판단하기 위해서다.

미래의 주부는 당연히 신문을 꼼꼼히 읽고 하나의 사건이나 사고에 대응할 수 있어야 한다. 미국이나 유럽의 주부와 이야기해보고 감탄하는 것은 어떤 전업주부라도 정치에 대한 자신의 의견을 분명하게 갖고 비판한다는 것이다. 그들은 일본의 주부와 화제부터가 다르다. 현직 대통령의 정책에 관한 관심사가 일상적인 대화에서도 반드시 나온다.

그리고 또 한 가지는 특히 국제 뉴스에 관심을 가졌으면 하는 것이다. 지금은 자기 나라만 알면 그만인 시대가 아니다. 한 나라는 반드시 다른 나라들과 관계를 맺고 있다.

요즘은 젊을 때 외국에 나가는 사람도 있고, 남편이 외국으로 출장을 가거나 체재하는 경우도 많다. 자신과 관련이 있는 나라의 뉴스에 관심을 갖고 다른 나라의 뉴스도 읽어보자.

특히 한번 갔던 곳은 인상이 오래 남는다. 그곳을 시작으로 세계로 눈을 돌려보는 것도 좋다. 그러기 위해서 한번쯤 외국에 나가보는 것도 좋을 것이다.

내가 아는 어떤 주부는 처음으로 아이를 데리고 미국을 다녀왔는데, 그 뒤에 미국에 대한 콤플렉스가 없어졌다고 했다. 그뿐 아니라 외국에 나가보면 자국을 바라보는 시각도 바뀐다. 다른 나라에서 보면 어떤가를 객관적으로 생각하게 되는 것이다.

나는 일 때문에 몇 차례 외국을 다녀왔지만, 그 가운데 이집트에서는 반년 정도 체재했던 적이 있다. 이집트에 체재한 후로 그 전까지 전혀 몰랐던 아랍문제도 어느 정도는 짐작할 수 있게 되었다. 라디오에서 뉴스해설을 하고 있는 요즘은 자연스럽게 국제정세에 관심을 갖고 이야기하는 나 자신을 발견한다. 우물속의 개구리가 아니라, 넓게 밖에서 보는 눈을 키워가자.

덧붙여서 말하면 나는 30대가 되면 적극적으로 책을 읽을 것을 권한다. 20대에는 주변 일에 쫓겨서 시간을 내기 어렵지만 30대가 되면 글을 읽는 습관을 들일 필요가 있다. 우선 서점에 가는 버릇부터 들이자. 서점에 가면 다양한 책과 만날 수 있고 자연스럽게 관심 갖고 있는 분야의 책을 뽑게 된다. 책은 옷이나 음식에 비하면 싸다.

뉴스를 접하고 책을 읽는 어머니의 생활자세가 아이들에게도 영향을 미친다. 텔레비전만 볼 것이 아니라 책을 읽고 신문을 읽자. 아이들이 그런 부모의 모습을 보면 마찬가지로 그것이 아이들의 습관이 된다. 나의 아버지는 책읽기를 좋아해서 언제나 가까이에 책을 두곤 하셨다. 그것이 내게 얼마나 많은 영향을 미쳤는지 모른다. 지금은 그저 감사할 따름이다. 그런 환경을 만드는 것이 부모의 역할이다.

에필로그

여성시대는 지금부터 시작된다

◆ 빛나는 40대를 맞기 위해

우선 할 수 있는 것부터 시작하자

타인과 비교하는 것은 이제 그만

나는 이 책에서 30대는 자신의 내부에서 들려오는 소리에 귀 기울일 때라고 썼다. 진짜 자신의 목소리를 들으면 조금씩 그쪽을 향해 걷기 시작한다. 그러나 그 걸음걸이는 더뎌서 앞으로 나아가지 않는다. 왜냐하면 현실은 그렇게 녹녹하지 않기 때문이다. 좋아하고 좋아하지 않고를 떠나 이미 만들어진 현실에 휩쓸리기 쉽다.

결혼한 주부의 경우, 일상적인 가사노동과 남편이나 아이들의 뒤치다꺼리에 쫓기면서 살다보면 훌쩍 시간이 흘러간다. 그리고 어느 날 '이렇게 살아선 안 된다'는 자신의 목소리를 듣는다. 그것이 반복되면서 시간만 흘러간다.

전업주부들은 결혼하지 않고 혼자 자유롭게 일을 하면서 사는 사람은 돈도 시간도 마음대로 할 수 있을 거라고 생각하겠지만 그렇지 않다. 결국 좋아하지도 않는 일에 매어 하루의 대부분을 보내지 않으면 안 되고, 콩나물시루 같은 전철을 타고 녹초가 되

277

어 돌아오면 피곤해서 아무것도 하지 못한다. 집에서는 단지 잠만 잘 뿐인 나날이 계속되고 이따금 이래선 안 된다는 생각을 한다. 전업주부와 결혼하지 않고 직업을 갖고 있는 사람은 환경이 다를 뿐 결과적으로는 같다.

다른 사람의 꽃은 붉게 보이고 이웃집의 잔디는 더 푸르게 보인다는 말이 있지만, 실제로도 다른 사람의 것은 좋은 점만 보인다. 그러나 30대가 되면 더 이상 다른 사람의 것을 부러운 시선으로 볼 시간이 없다. 자신의 자리를 잘 보아두지 않으면 안 된다. 만약 현실에서 도망칠 수 없다면 그것이 자신의 자리라는 생각을 다시 한번 확인하고 그 자리에서 자신의 길을 열어가는 방법밖에 없다.

이 책에서도 썼지만 자기 나름대로 하고 싶은 일을 해보자. 매일 1시간씩 책을 읽는 것도 좋고, 과자를 만드는 것도 좋고, 무엇이든 좋다. 자기 자신을 위한 시간을 만들자. 하루 24시간 중에서 여가 시간을 활용하면 생활에 자극이 되고 생활에도 활기가 생긴다.

하고 싶은 일을 찾은 다음에는 그것을 계속하는 것이 중요한데, 하고 싶은 것을 찾을 수 없거나 자신이 하고 싶은 것을 모르는 경우도 많다. 그렇다면 기회를 잡아서 일단 행동으로 옮겨보자. 단순히 다른 사람을 따라하거나 친구가 권한다고 해서 하면 자연히 도태된다. 끝까지 계속하지 못하는 것은 계속하고자 하는 의지가 없는 것이라고 생각해도 좋다.

나도 생각이 많은 편이어서 아주 많은 일들을 해보았다. 30대에 일 이외에 한 것을 말하면 우선 대학원에서 특수학생으로 공부한 일이다. 자신 없는 고전문학을 공부하고 싶었지만 일도 바빴고, 바쁜 일과를 쪼개서 어렵게 학교에 가면 학원분쟁이 격렬하게 일어났던 시기여서 바리케이드가 쳐지기 일쑤였고 휴강도 빈번했다. 결국 공부를 계속하지 못하고 그만두고 말았다. 그러나 만약 계속할 의지만 확실히 있었다면 계속했을 것이다. 공부를 그만둔 것은 결국은 의욕이 없었기 때문이다.

다음으로 학생시절에도 배운 적이 있는 샹송을 배우러 다녔는데, 그것 역시 레슨 받는 날과 일하는 날이 겹쳐져서 계속하지 못했다.

그런 나를 보고 어머니는 "너는 무엇이든 사흘을 못 넘기는구나. 도대체 시작한 것만 몇 가지인지 아니?"라고 말씀하신 적도 있다. 돌아보면 무엇 하나 제대로 해놓은 것이 없다.

한때 다도를 배우러 다닌 적도 있다. 다도를 전문적으로 다루는 잡지사를 취재했던 것이 계기였다. 다도의 마음에는 공감하는 부분이 있어서 감동을 받았지만, 그것 역시 제대로 배우지 못해서 그 예법을 제대로 따라갈 수 없었다. 결국 이따금 손님으로 방문

하는데 그치고 가르침을 배우는 것은 포기했다.

계속하지 못했던 이유를 생각해보면 일을 하는 탓도 있었지만 나 자신의 의지력이 약했던 것이 주된 원인이다. 무엇인가를 해보겠다는 마음으로 일시적으로 찾아보기도 했지만 정말로 하고 싶었던 것이 아니었던 셈이다.

30대의 삶이 40대를 만든다
기초공사는 끝났는가?

어머니는 "그런 네가 일만큼은 용케도 계속하는구나."라고 자주 말씀하시곤 하셨다. 그러고 보면 아무리 몸이 힘들어도 일하기 위해서 출근을 했다. 그렇게 생각하면 결국 내가 하고 싶은 것은 일이라는 결론이 나온다.

처음 내가 했던 일은 말하는 것이었지만, 내심 글 쓰는 일을 하고 싶다는 생각을 했었다. 하지만 수입원이던 당시의 일을 버리지 못하고 30대는 고민하면서 계속 흔들렸다. 내게는 글을 쓰는 일이 맞는다는 생각을 끊임없이 했다. 그리고 최종적으로 혼자서도 가능한 일, 즉 글 쓰는 일이 내가 선택해야 할 일이라는 생각이 점차 강하게 자리를 잡아갔다.

나는 어떻게 해서든 글을 쓰는 기회만큼은 놓치지 않겠다고 생각했다. 아무리 짧은 글이라도, 하찮은 테마라도 글을 쓰는 일만큼은 거절하지 않았다. 그리고 그 속에서 한 행, 아니 한 마디라도 내가 하고 싶은 말을 하려고 애썼다. 그렇게 하는 것이 나 자신에게 지워진 의무라고 생각했다. 글을 쓸 때는 그토록 싫었던 방송 일을 하면서 단 10초의 짧은 시간도 즐겁게 일하려고 노력하던 때와 같은 각오로 임했다. 어쨌든 어떤 형태로든 글 쓰는 일에 매달려보자. 앞으로 몇 년이 걸릴지 결과가 나올지 알 수는 없지만 해보자고 생각했었다.

"넌 정말로 일을 좋아하는 거야." 라고 친구들도 말한다. 나도 그렇게 생각한다. 출구가 보이지 않던 우울증에서 어렵게 벗어날 수 있었던 것도 일 때문이었고, 결국 나 자신을 비추는 거울은 일 뿐이라는 사실을 깨달았다. 그런 사실을 알기 때문에 다른 것은 희생하더라도, 중간에 포기하더라도 일만큼은 계속했다. 그것이 없으면 나는 살아있는 것이 아니라고 생각했다.

내게 일은 나를 표현하는 수단이다. 내 경우뿐만이 아니다. 일은 누구에게나 자기표현의 장이 될 수 있다. 문제는 과연 자신에게 어울리는 형태로 만들어갈 수 있느냐다.

일이 자기표현의 수단이라고 깨달은 것도 사실은 30대가 된 이후였다. 20대에는 그런 생각을 할 겨를도 없이 들뜬 분위기 속에서 가볍게 흘려보냈다.

30대는 내게 있어서도 우여곡절이 많았던 시기였다. 졸업이후 줄곧 다니던 직장을 그만두고 이런저런 일에 손을 댔는데, 그때마다 생각처럼 잘 풀리지 않았다. 결국 이것뿐인가 생각하면서 처음으로 되돌아가곤 했다. 누가 보아도 시간낭비처럼 생각되는 많은 일들을 벌렸다.

평소에는 나 자신이 걸었던 길을 되돌아보지 않았지만, 이 책을 쓰면서 30대를 돌아보니 도대체 무엇을 했는지, 똑바로 걸었으면 되었을 길을 한눈을 팔며 지나왔다는 생각이 든다. 하지만 그렇기 때문에 이것밖에 없다고 생각하는 것이 조금씩 분명한 형태로 만들어진 것은 아닐까. 자신의 내부로부터 들려오는 목소리에 귀를 기울이면서 마음껏 방황하자. 그것이 은밀한 당신 자신의 출항이라는 결과로 나타나게 될 것이다.

그리고 40대가 코앞으로 다가오고 순식간에 40대에 돌입한다. 흔히 마흔을 '불혹의 나이'라고 한다. 불혹의 나이는 과거의 시대에만 통용되는 것이 아니다. 지금도 마찬가지다. 30대에 자신의 목소리를 들으면서 마음껏 고민하고 은밀하게 자신만의 인생을 준비하면 40대부터는 그 항로를 따라서 달리기만 하면 된다.

40대는 남자뿐 아니라 여자에게도 가장 왕성하게 활동하는 시기, 빛을 발하는 시기이다. 그 나이를 앞두고 자신의 발밑을 충분히 다져야 한다. 그 기초를 다지는 시기가 - 몇 차례나 반복하는 말이지만 - 30대이다.

지금은 '제2의 인생'으로 향하는 출발점

미혼인 20대 즈음에는 결혼과 동시에 다른 인생이 시작된다. 결혼을 하면 남편이 주도하는 다른 사람의 인생을 살게 될 것이라고 생각하던 사람도 현실적으로 결혼해서 남편과 자녀와 살다보면 그렇지 않다는 것을 깨닫는다. 결코 다른 사람의 인생이 아니다. 결혼한 후에도 자신의 인생을 살지 않으면 결코 만족을 얻을 수 없다. 그런 사실을 깨닫고 있더라도 그것에 대해 깊이 있게 생각하거나 진지하게 맞서지 않고 단지 피하기만 하면 그 결과는 40대가 되어 분명하게 나타난다.

다른 사람들은 방황을 마치고 조촐하게나마 출항을 시작했는데도 아직 출구도 찾지 못하고 초조해져서 조바심을 내고 그런 초조함을 감추기 위해서 술의 도움을 받거나 바람을 피우거나 한다. 그러면 자신의 인생이 점차 보이지 않게 된다.

그런 시기가 되면 자녀는 고등학교로, 대학교로 진학을 하고 자신의 친구와 자신의 놀이와 자신의 세계를 만들어가기 때문에 부모를 상대해주지 않는다. 남편은 남편대로 회사에서 바쁘게 제 할 일을 하고 점차 높은 지위에 올라 그 나름의 품격을 갖추는 시기이다.

그런 속에서 자기 혼자만 남겨진 외로움은 이루 다 말할 수 없다. 같은 처지의 친구와 동병상련하면서 불평을 털어놓아 보지만 출구는 보이지 않고 점차 자신감을 잃어간다. 거울을 보면 젊은 모습은 온데간데없다. 젊고 아름답던 모습은 사라지고 탄력을 잃은 중년의 아줌마가 그곳에 있을 뿐이다.

친구 몇몇은 30대에 자신을 확실하게 찾아서 제2의 인생을 열심히 살아가고 있다. 어떤 사람은 자녀가 품에서 떠났을 때 오랫동안 연구해오던 중화요리를 다른 사람에게 가르치는 모임을 시작했다. 또 어떤 사람은 30대에 시작한 인테리어 공부를 활용해서 인테리어 가게에서 컨설턴트로 일하기 시작했다.

자신을 돌아보면 허전함뿐이다. "어차피 내겐 재능이 없으니까." "저 사람은 특별했어."하고 자신을 위로하기 위한 변명을 찾을 수밖에 없다. 이것이 '아내들의 사춘기'이다.

물론 자신의 인생을 찾아 출항하는데 정해진 나이는 없다. 40대든 50대든 60대든 자신이 깨달았을 때가 그 사람의 출항시기이지만, 육체적인 조건을 생각하면 30대에 출항을 했는가 안했는가에 따라서 그 사람의 인생은 변화한다. 출항이 늦어질수록 앞으로 나아가기 어렵기 때문에 적어도 젊은 30대에 방향만이라도 잡아 두는 것이 좋다. 그러면 남은 일은 앞으로 나아가는 일뿐이다. 순 풍에 바람을 가득 담아 항해하기 위한 기초는 30대에 준비하는 것이 좋다. 30대는 여자에게 있어서 제2의 인생의 출발점이다. 가 정으로 들어와서 전업주부를 직업으로 선택한 여성의 경우에도 30대는 정말 중요한 시기이다. 어떤 생각으로 임하느냐에 따라서 앞으로 남은 인생이 결정된다. 40대를 앞둔 당신이 '이제부터다.' 라는 생각으로 적극적인 자세로 임하는가, '이젠 틀렸어.'라고 자 신감을 잃고 있는가, 그것은 자신이 결정할 일이다.

미국에서 여성들에게 '여성으로 태어나서 좋았는가?'라는 질문 을 했다. 그 질문에 대해 90퍼센트 이상이 '좋았다'라고 대답했고, 게다가 대부분이 '다음에 태어나도 여자로 태어나고 싶다'고 대 답했다.

미국은 능력주의사회여서 여성이든 남성이든 힘이 있는 사람, 능력이 있는 사람은 스스로 길을 개척해간다. 그렇기 때문에 여자 이기 때문에 손해를 보았다는 생각은 하지 않는다. 오히려 여자로 태어나서 좋았다고 생각하는 것이다.

이제 동양에서도 서서히 여성의 능력을 인정하기 시작해서 앞 으로는 '여성시대'가 된다고 한다. 남성들이 기존의 사회구조 속에서 지쳐있는데 반해, 여성들은 아직 개발되지 않은 능력을 높이 평가받고 있다. 하고자 한다면 여성들에게도 자신이 원하는 길을 걸으면서 자신의 능력을 충분히 발휘할 수 있는 기회가 얼마든지 주어질 것이다.

하지만 그렇게 생각하고 도전할 것인가 어떤가는 당신의 결정에 달려 있다. 그렇게 생각하는 바탕을 마련하는 것이 바로 30대이다. 자신다운 인생을 만들어가기 위한 적기가 찾아오는 것이다. 여기에서 말하는 적기란 20대에서 말하는 결혼적령기와 같이 다른 사람들의 강요로 결정하는 것이 아니라 스스로의 인생을 시작하는, 스스로 선택하고 결정하는 적기이다.

방황이 많은 만큼 30대는 괴로울지도 모른다. 내 경우는 40대 후반이 되어서도 때때로 방황의 그림자가 드리워지고 어떤 때는 자신감이 없어지는 경우도 있다. 하지만 더 이상 물러설 수는 없다. 자신이 깔아놓은 선로는 자신이 밟고 갈 수밖에 없다. 자신이 깔아놓은 선로를 언제까지고 힘껏 밟고 나아갈 수 있도록 적절하게 조절하고 지켜가자. 자신다운 삶을 만들어간다는 것은 고독한 일이지만 그것이 만들어졌을 때 진정한 의미의 만족을 얻을 수 있을 것이다.